六年，六天

中国电影股份有限公司 著

北方妇女儿童出版社
·长春·

图书在版编目（C I P）数据

六年，六天 / 中国电影股份有限公司著. -- 长春：北方妇女儿童出版社，2017.10

ISBN 978-7-5585-1649-8

Ⅰ. ①六… Ⅱ. ①中… Ⅲ. ①长篇小说－中国－当代 Ⅳ. ①I247.5

中国版本图书馆CIP数据核字（2017）第246412号

六年，六天

LIUNIAN LIUTIAN

出版人　刘　刚
策　　划　师晓晖
责任编辑　陶　然　刘聪聪
整体监制　王　毅　陶玉立
版式设计　杨　曼

开　　本　889mm × 1194mm　1/32
印　　张　8
字　　数　150 千
印　　刷　固安县保利达印务有限公司
版　　次　2017 年 10 月第 1 版
印　　次　2017 年 10 月第 1 次印刷

出　　版　北方妇女儿童出版社
发　　行　北方妇女儿童出版社
地　　址　长春市人民大街 4646 号　　邮　编　130021
电　　话　编辑部：0431-86037512　　发行科　0431-85640624

定　　价　32.00 元

目录

CONTENTS

序言

时代青年新面貌 携手国家共成长

群星热情助力 齐送祝福

由中国电影股份有限公司领衔出品，为喜迎党的十九大胜利召开的献映影片《六年，六天》已于2017年10月17日在影院和大家见面了。此次沈东导演自编自导，王骁、姜瑞佳领衔主演，吴刚、高云翔、冯远征特别出演，吴军、龚洁、田牧宸联合主演，还有更多观众喜爱的老中青三代演员：张一山、张凯丽、苗圃、保剑锋、谢芳、张目、潘粤明等友情出演，车永莉、孙茜、冯绍峰、江一燕、佟丽娅、赵丽颖、瞿颖等倾情加盟。该片以电影艺术的形式记录近年来祖国翻天覆地的变化，用全新的角度讴歌十八大硕果并展望十九大，为党的十九大胜利召开营造良好舆论氛围。

在十九大即将召开之际，能够出演一部献映影片，六十余位演员都备感荣幸。为了让每一场戏看起来生动十足，演员们可谓铆足了劲展示演艺功底、克服拍摄期遇到的气候、环境等重重困难。每一位老中青演员坚持用最饱满的精神状态诠释角色，尽显用心与诚意。因群星倾情加盟，助力献映影片《六年，六天》在金秋大放异彩。

打造正能量暖心故事 小清新大情怀

影片《六年，六天》讲述了两位主人公路远和宋小朵因北京奥运会志愿者结缘，却因为懵懂之年不懂爱情，在北京奥运会之后，两人便断了联系。四年后，两人再次偶遇于北京奥林匹克公园，在经历了短暂的相聚后再次分开。路远被父亲安排去京郊仙峪村当村官，宋小朵则选择了出国留学深造。这次两个互生情愫的年轻人相约每年的八月八日在北京奥林匹克公园相见，随着时间的推移，两人都在不断地进步，不断地完善自己，直至宋小朵学成归国，路远也成了优秀的基层共产党员。伴随着两人的成长蜕变，两人实现了人生价值，同时也收获了美好的爱情。

当代年轻人寻常的爱情故事，以六年中的六天做为时间节点，立足于“小我”，将以“路远”、“小朵”为典型代表的中国新一代年轻人成长经历中的思想提升与蜕变以“小清新”的故事形式呈现，呈现当代年轻人肩负责任、勇于面对的勇敢与担当，在发展中国特色社会主义道路中成长与蜕变，将祖国飞速发展的重大事件与当代如何找到人生信仰，如何直面选择紧密结合，细腻展现出当代年轻人感人至深的成长故事，体现了当代青年与祖国共同发展向前的“大情怀”，该片举重若轻、以小见大地展现出祖国六年间飞速的繁荣发展。

《六年，六天》不同于以往献礼影片宏大叙事的方式，主流意识形态影片新突破带给了观众与众不同的清新之感，通过充满青春正能量的故事编排，影片中诸多牵动人心的爱情桥段展现给广大观众，使得影片生动有趣。

不忘初心 砥砺前行

“成长”也是每个人人生中必经的过程，每一位像“路远”、“小朵”一样的普通人完成成长蜕变的同时也深深感受到生活水平提高，同时继续为决胜全面建成小康社会、努力开创中国特色社会主义新局面而团结奋斗。从当代青年成长过程中事业、生活、感情的方方面面切入，深刻反映了当代中国时代变迁和发展的背景下以男女主人公为代表的青年如何建立自己的世界观、人生观、价值观，为建设祖国、实践中国梦而努力。

该片聚焦于“志愿者”、“大学生村官”、“人生信仰”等社会话题，充分带动当代年轻人，产生共鸣，并将祖国飞速发展进程中的重要科技进步和重大事件如“中国巨幕”、“网约车”、“一带一路”等贯穿全片，展现当代青年与祖国发展共同进步，见证祖国发展向前的步伐。除此之外，如今“电子支付”的广泛运用以及“共享单车”的发展都与每个人的生活息息相关，能深深感觉到生活方式更加便捷。

一直以来，中影股份坚持以人民为中心的创作导向，以弘扬先进文化、多出优秀作品为目标，推出了许多思想精深、艺术精湛、制作精良的作品，丰富了人民精神文化生活、发挥了以优秀作品鼓舞人心的重要作用。影片《六年，六天》以独特视角和全新角度讴歌十八大硕果，通过寻常百姓的生活故事让我们切身感受到党的十八大以来的五年，人民生活得到的显著改善，以及祖国科技高速发展给人民群众生产生活带来的新变化和实实在在的获得感幸福感。

文艺工作者们不能在市场经济大潮中迷失方向，我们必须要做能够立得住、留得下，流芳百世的作品，这是我们必须要履行的社会责任。让我们用自己的方式为即将召开的党的十九大尽一份绵薄之力，努力创作更多无愧于时代的优秀作品，不忘初心，砥砺前行！

是以为序！

第一年，第一天

1

2012 年 8 月 8 日，北京，鸟巢里刚看完演出的路远焦躁地接着电话往外走着。电话里传出一个男人严肃的声音：“路远，我告诉你，不管你愿意还是不愿意，京郊仙峪村我已经给你安排好了，今天你必须过去报到。”

路远脸上浮现出不耐烦的神情，他回道：“您没问过我意见，就给我做主让我去做村官，我毕业后有自己的想法。”

话还没说完，电话那头立即响起愠怒的吼声，震得电话发出“刺啦”的声音，路远将手机举得离耳朵远远的，皱着眉头不耐烦地听着，整个人烦躁不已。

电话那头继续传来愠怒的吼声，路远索性挂断电话，低头往前走着。

鸟巢外面，宋小朵正背对着鸟巢自拍，她左手端着一杯可乐，右手拿着手机自拍着。她看上去心情很好，不断调整着自拍的角度，一会儿做个调皮的鬼脸，一会儿换个可爱的笑脸，拍完又检查下自拍的效果，嘴角含着一抹微笑。

宋小朵只顾着低头看自己的手机，丝毫没有察觉对面气冲冲低头而来的路远，两人谁也没有看见谁。就在宋小朵转身抬头的一瞬间，与迎面而来的路远撞了个满怀。可乐洒了路远一身，瞬间，可乐在路远的衬衫上洇湿开来，浅色的衬衫上一片污渍。

宋小朵被这突如其来的撞击吓得“啊”的一声，看到自己手中的可乐全都倒在别人的衣服上，她有些手忙脚乱，慌忙拍打那人身上的可乐。

“对不起、对不起，我不是故意的，你突然撞上来，就……可乐就这么洒了。”宋小朵一边慌忙地拍打着路远衬衫上的可乐，一边解释着。

路远看着早上刚换的新衬衫一片污渍，原来烦躁不已的心情更上一层楼，但想到是自己低头走路，气冲冲地才撞上去造成的，只能自认倒霉了。

“真是不好意思。”宋小朵还是慌忙地拍打着路远衬衫上的可乐，路远往后退了几步，两人抬起头，瞬间，两人都愣住了。

四目相对，两人从慌乱到惊讶再到追忆，记忆如潮水般不断地涌上两人的脑海中，此情此景是如此的熟悉，就像发生在昨天，时光流逝悄无声息，却已经过去了四年。

2008 年 8 月，第 29 届奥运会在北京举行，路远和宋小朵有幸成为北京奥运会的大学生志愿者，此时两人还不相识，唯一的交集是两人都是为北京奥运会服务的大学生志愿者。

直到一天中午，一队志愿者穿着统一服装，拿着清洗工具清洗完台阶返回时，宋小朵手里拿着一盒牛奶，走在队伍的前面。

路远迎头上阶梯时，俩人面对面地仿佛心有灵犀一般，宋小朵要走左边的时候，路远正好也走到了左边，两人有些尴尬地看了对方一眼。路远主动给宋小朵让路，几乎是同时地，宋小朵也给路远让路，方向又是一致。宋小朵舔了下嘴唇看着路远说："呃……那个……你先走。"宋小朵侧过身时却不小心脚下踩了空。

"啊！"的惊呼一声，几乎反射性地，宋小朵手中的牛奶猛地一捏，一溜儿牛奶从吸管里喷出来，溅了路远满脸和一身。

路远顾不上自己被溅了一身的牛奶，眼疾手快地拉住了宋小朵的胳膊，宋小朵慌忙站稳了，赶紧手忙脚乱地帮路远擦身上的牛奶："对不起，真的很抱歉，我不知道会……"

宋小朵边说边从口袋中拿出纸巾，帮路远擦着衣服上的牛奶，却没发现，路远此刻正笑盈盈地看着她。

熟悉的场景，熟悉的人，一样的情节再次重演，两人在四年后重逢相遇，再次上演了一幕初遇时的情景。

宋小朵拿出纸巾帮路远擦着衬衫上的可乐，她同样没有发现，路远此刻正笑盈盈地看着她。

"怎么每次见你都跟过泼水节似的？"路远笑意盎然地说道。

宋小朵白了他一眼，眸中闪过一抹狡黠的笑意："不过我怎么觉得还不过瘾呢？"

宋小朵顽皮地一笑，作势要将剩下的可乐泼路远。路远见状，吓得往后退了两步，双手摆在胸前说："别别，算我说错话了好不好？可千万别泼过来了，要不然可就真的没法见人了啊。"

宋小朵看着路远投降的样子，不禁大笑，说："行……行，这次就先饶了你。"说完，指了指路远身上的可乐，继续说道："我就住在旁边的酒店，要不去我那儿想想辙吧。"

路远想到一会儿还有重要的事，推辞道："待会儿我还有事儿……”

宋小朵抿了抿唇，不等他反应，直接上前把他拉走：“磨叽什么！走啦！”

在阳光的照射下，路远浅色衬衫上的可乐痕迹更加明显，宋小朵拽着路远朝玲珑塔方向走去，他显得十分尴尬，赶紧挣脱了宋小朵的手，宋小朵此时也感觉气氛挺尴尬的，两人开始刻意保持着一定距离。

路远挠了挠头，率先打破尴尬，问道：“2008 年分开后，你怎么就没消息了？”

宋小朵走在前面，她的表情凝滞了一下，却马上恢复原来自然的神情，回头问：“你找过我？”

路远轻轻摇头。

宋小朵微微一笑说道：“没找过怎么知道我没消息？”

被她这么一反问，路远心里有些紧张，慌忙解释道：“还记得张华斌、董玉洁、袁一萌他们吧？就是奥运会跟咱们一起做志愿者的。”

听他提到旧时一块儿做志愿者的伙伴们，宋小朵兴奋地点头。气氛也开始缓和了一些，不见了刚才的尴尬。

路远几步追上前说：“大家约好了，来这里怀怀旧，刚刚才分开。对了，余帆也来了。”

听到余帆的名字，宋小朵心头一颤，却故作平静地淡淡问了一句：“是吗？”

路远发现了宋小朵细微的变化，他小心地观察着宋小朵，说：“大家都还说到你呢。”

宋小朵轻轻抿了抿唇，故作潇洒地问道：“说我什么了？”

路远想了想，有些犹豫。再看看宋小朵的神情，依旧是那样潇洒与平静，他才继续说下去：“说你当年连散伙饭都没吃就走了，明明之前和大伙儿关系这么好，后来和谁也没联系过，还以为……”他没有直接说下去，害怕宋小朵生气不愉快。

宋小朵看他迟疑不决的样子，觉得有些可爱，她淡淡地笑道：“以为什么？”

路远笑了，故作开玩笑的语气说道：“以为你和余帆是不是发生了什么，但那小子死活说没有。”

被人问到了要害处，宋小朵显得有些不自然，她掩饰地说道：“你们怎么这么八卦啊？”

路远笑道：“大家都挺想你的，关心你嘛。”

两人边走边聊，十几分钟后来到了宋小朵住的酒店，宋小朵招呼着路远：“进来吧，你自己去洗一下吧。”她指了指房间的洗浴间继续说道：“衣服递出来我叫服务生拿去干洗一下。”

路远应诺一声："嗯，谢谢！"

洗浴间内路远将衬衫换下，小心地叠好，刚欲出洗浴间，又觉得这样光着膀子有点儿鲁莽，他回头看见洗浴间的架子上有件棉浴袍正准备穿上时，宋小朵在外面敲门。

路远尴尬地把门打开一条细缝，故作惊讶地问："你想干什么！"

只见宋小朵手里拿着一套酒店服务生的制服，一脸坏笑。

路远打开洗浴间的门，露出结实的肌肉，四目相对，两人都愣住了。空气仿佛在瞬间冻结，只听见彼此的呼吸声。

宋小朵舔了舔唇瓣，眼神不知道该放在哪里，左右张望，有些结巴地说道："呃……那个……我给你弄来了套酒店服务生的制服，你先穿着吧。"

路远伸手接过，说了声"谢谢"。

宋小朵赶紧退了出来，坐在沙发上玩着手机。倏地，洗浴间的门被推开，一身服务生打扮的路远走了出来，宋小朵抬眼望去，从上到下打量了路远一番，不禁笑出声来。

听到宋小朵的笑声，路远眉峰轻蹙，微瞪着宋小朵，接收到路远警告的眼神，宋小朵才在万般不情愿中好不容易停止了笑声。

路远换上鞋子，说道："我还有事，我得先撤了，办完事再回来取衣服。”说着，便转身朝外面走去。

宋小朵迅速站起身来，说：“你的衣服马上就好，再等等吧。”

路远说：“今天这件事比较紧急，我先办完再回来取衣服。”

“那我送送你吧。”宋小朵也不好挽留，只好跟着路远送他出去。

酒店电梯间内，路远和宋小朵一人站在一边，宋小朵看着路远穿服务生制服的样子很好笑，在一旁偷偷地笑着。

酒店一楼电梯外有几个服务生正在忙着搬东西，宋小朵刚出电梯门，就感觉有些不对劲儿，转头一看，果然路远还躲在电梯里不敢出来，急忙按键欲关门。

宋小朵眼疾手快，一把将路远拉出来，开玩笑道：“怎么？不敢穿这个走出去啊？”

路远没搭理她的话，整个人感觉特别扭捏，半躲藏地故意慢半步紧随着宋小朵身后。

宋小朵看出了他的意图，却故意快步前行。

此时，一个服务生推着满满一车行李过来，看到路远，便很自然地将行李车交给路远，还不忘交待道：“送到前台，客人在前台等着呢。”说完，随即离开了。

路远错愕地看着前面的行李车，一脸茫然的表情，完全摸不着头脑，赶紧嚷道："喂……"然而，服务生已经走远了，路远无奈之下，只得推着一车的行李送到前台。

好不容易到了前台，路远连忙跟客人解释了一番，离开了前台，向宋小朵走来。宋小朵站在原地，看着这一戏剧性的变化，目睹着路远将行李车推至前台，又费劲地和客人解释一阵，客人却不相信地看着路远。

又有两位客人迎面走向路远。路远见状，意识到什么，倒抽了一口气，心里默念着"阿弥陀佛请保佑我"，低着头侧着身欲躲避迎面而来的两位客人。不远处的宋小朵看到路远的窘样偷偷地笑着。

两位客人疑惑地上前，转到路远面前。路远不敢看向客人，原地再次转身。两位客人见状，相视一眼，默契十足地点点头，随即两人分散开来，其中一人面对路远，前后夹击，路远无处藏身。

其中一位客人困惑地问道："你躲啥呀？我俩还能吃了你？"

路远听闻，摆摆手，应道："不是，我……"路远不断把目光瞟向宋小朵那边。

还来不及把话说完，其中的一位客人便发话了："我们刚刚入住，想咨询一下酒店的晚餐。"说话的同时，顺着路远的眼光看向宋小朵，来回看了几次宋小朵和路远后，他疑惑地问道："喂，小伙子，你老盯着人家姑娘看啥？"

宋小朵忍住笑观察着。

两位客人继续向路远询问着周边景点的一些情况。

路远被逼问得一脸茫然，求助地看向宋小朵。

谁知，宋小朵故意捉弄他，竟偷笑着转过身去。

没办法，路远只好向客人介绍了周边的景点后，又硬着头皮向客人解释了自己不是服务生，不管客人有没有听懂，他把话全部说完后，便急匆匆离开了，只留下客人一脸疑惑摸不着头脑地站在原地。

宋小朵转过身来，看见路远满脸郁闷地朝自己走来，禁不住乐了，再也控制不住笑出声来。

宋小朵摊摊手，一副都是你自找的神情，说道："衣服洗好熨干，还有一个小时。刚才，是你打死也不愿意和我待在房间里，现在再给你一个选择题：咱们是打道回府，还是确定勇往直前？"宋小朵挑了挑眉，示意酒店的门口还有穿着同样制服的服务生和人来人往的住宿客人呢。

路远瞪了宋小朵一眼，凛然走向大门。

宋小朵好笑地看着路远一副凛然就义的背影，随即小跑着跟上路远的脚步。

两人一前一后走出了酒店，在酒店门口，路远等出租车的时候，两位门童疑惑不解地上下打量着路远。

路远面带微笑，一本正经地向两位门童点头。

其中的一位门童喊住路远：“哎，新来的？”

路远感觉到像是在叫自己，有些疑惑地回应：“啊？”

门童说：“帮忙站五分钟，我去趟洗手间，有客人来就鞠个躬，说声‘欢迎光临’。懂了吗？”

路远愣了好几秒，愣头愣脑地点点头，说道：“懂了。”

门童听到路远说懂了，却还看到他站在原地不动，大喊道：“那就过来呀，傻站着干吗呢？”

路远脑子瞬间蒙圈，原来他们把自己当作是门童了！都是这衣服惹的祸，路远开始在心里咒骂着，可还是耐着性子跟门童解释：“可……我不是门童。”

门童听到他的话，有些不能认可，说道：“奇怪，你不是门童，干吗穿门童的衣服？哎哎哎，别跑……”

没等对方说完，路远便飞快地离开了大门，朝着酒店电梯跑去。身后的宋小朵见到这般情景，看着路远落荒而逃的背影，她大笑着跟上路远，只留下两位门童面面相觑。

2

在等衬衫干洗的时间里，路远和宋小朵来到了酒店的花园里，花园里的各种花在盛夏的季节盛开着，两人走到一处凉亭里坐下，终于能好好聊聊天叙叙旧了。

路远问：“你来北京公干还是旅游？”

说到这个话题，宋小朵嘴角的笑意瞬间凝住了，她收住笑，正经严肃地回道：“要出国了，来怀一把旧，毕竟这里是曾经战斗过的地方。”

路远有些诧异地问：“留学？”

宋小朵点了点头回答：“哥伦比亚大学，研究生，明天就走。”

听到这里，路远的心情有些复杂，有很多话不知道该如何表达出口，这次的偶遇不是缘分，而是为了告别，他只能讷讷地应一句：“恭喜你啊。”

宋小朵笑着说：“我觉得吧，越长大越觉得自己该出去转转。”

路远眼睑微垂，轻声问道：“你以后就留国外了？”

宋小朵认真地点了点头。

路远由衷说道：“真羡慕你。”

宋小朵挑了挑眉，调侃地问道："你几个意思？"

路远有些感叹，仰头望了下蓝天，再低头时，他的语气中多了一丝无奈："不管对错，你有得选，不像有些人，一生下来，根本就没得选。"

看着路远，宋小朵不明白他的话是什么意思，只是隐隐地感觉像是对自己人生的感叹。

两人四目相对时，路远摊摊手说道："没想到能在今天遇到你。"他的语气中多了一丝感慨，"当志愿者的日子，的确值得怀念。"

宋小朵听完他的话，沉默了一会儿，半认真地纠正道："值得怀念的不是日子，而是人。"

路远的心像是被什么撞击了下，微有所动，他倏地看向宋小朵，学着她的口气问："你几个意思？"

宋小朵被逗笑了，淡淡地回答："就这会儿，我突然有了怀旧的感觉。"

路远内心有一些惊喜，鼓足勇气试探性问道："该不会是因为遇到我吧？"

宋小朵瞪了他一眼，笑笑说："你说呢？"

路远眼神瞬间黯淡下去，有些像自言自语："我就知道，一定不是因为我……"

两人各怀心事，并排走回酒店的房间。

回到房间，路远换下这一身服务生的制服，新衬衫熨得整整齐齐。宋小朵看见从洗浴间出来，衣着整洁的路远，一下子忆起了许多事，但随即平静地说道："穿这么正式，是有很重要的事吧？"

路远点点头，说道："很重要的事，我真得赶紧了。"

"是工作吗？"宋小朵猜测着。

路远边收拾边应道："嗯，走马上任第一天。"

宋小朵有些好奇地问："在哪儿？"

"京郊农村。"说完，路远急匆匆地出门。

宋小朵调侃道："可以啊你，名牌大学硕士生当村官！"

路远轻叹了口气，和宋小朵一起朝着酒店门口走去。

宋小朵小心观察着路远，感觉到他的叹息和无奈，小心翼翼地问："怎么啦？当村官，不挺好的吗？"

路远说："我也没说不好，只是从一开始，这就是我老爸的安排，说是让我从最基层做起……刚才就是接他的电话，没完没了的，害得我心烦意乱，撞你枪口上了……"

宋小朵调皮地嘟起小嘴，故意表现得不高兴了，说道："怎么啦，你还不乐意撞我枪口上啦？"

路远看出她的调皮，笑道："没有没有！"然后摆出一副一本正经的模样，继续说道："早上我还纳闷呢，现在，我算明白了。"

宋小朵问："你明白什么了？"

路远表情有些夸张地说："一早出门，就看见五彩云霞，原来是有贵人出现呢！"

宋小朵被逗乐了，认真地说道："你如果不喜欢去，你可以不去啊。"

路远轻轻地说了句："我没说不喜欢。"像是回答又像是自言自语。

看着路远有些矛盾的样子，宋小朵有些糊涂了："喜欢，但不乐意去？不懂！"

路远看一眼宋小朵，欲言又止。

在刚才两位门童诧异的目光下，两人一前一后走出了酒店。

宋小朵疾步赶上路远，她看得出来路远有些失落。她开导路远："做事得从本心出发，开心呢就去做，不开心就拉倒呗。"

路远叹息一声，说道："你想做什么就去做什么，是因为你家人开明，不干涉你。我家不一样。"

路远觉得多年未见的朋友一见面就聊这么沉重和伤感的话题，似乎有点儿不合时宜，紧接着他露出了一个微笑，说道：“好多年没联系，一见面就絮絮叨叨扯我们家里那点儿破事，好像不太合适。”

宋小朵听了也觉得有些道理，笑了笑说：“仔细一想，确实也是，毕竟咱们还算不上太熟！”

路远尴尬地附和一笑，他停住脚步，伸出手洒脱地说道：“就此留步。那我就奔赴新的工作岗位啦。”

宋小朵笑着回握住路远的手，祝福道：“祝你马到成功，大展宏图！”

路远故意脸色一沉道：“千万别跟我提工作！”

宋小朵反应极快，她转而笑道：“那就祝你爱情甜蜜，生活幸福！”

两人相互注视着对方：“彼此彼此！”

两人的眼神里有些许异样，不约而同地松开对方握着的手。

路远深吸一口气，故作潇洒地说道：“走啦！”他看了宋小朵一眼，欲言又止，最终还是转身大步地离开。

宋小朵看着路远的背影，心情复杂，路远让她回忆起当奥运会志愿者那段最幸福的时光。

路远刚走了不远，宋小朵突然喊道："喂！路远！"

路远听到宋小朵的喊声，停下脚步，一脸惊喜。

宋小朵对站在不远处的路远喊道："明年 8 月 8 号，我们还见面吗？"

听到这句话，路远心中惊喜万分，他鼓足勇气问道："你确定能回国吗？"

宋小朵使劲点头。

路远开心地笑道："我就在北京，随时恭候！"

宋小朵说："那就说定了——老地方见！"

路远一脸疑惑。老地方？什么老地方？

宋小朵有些气急败坏地指指脚下。

宋小朵从口袋里拿出手机晃了晃喊道："加个微信吗？"

路远也从口袋里拿出自己的手机，眨眨眼说："摇一摇？"

宋小朵笑着点了点头，打开微信，调皮地各种花式摇手机。路远见状，略笨拙地摇着手机，但同样的心情，开心不已。

手机上下晃动着，传来"咔咔"的声音，那一阵阵响声，仿佛在预示着他们的约定，下一年的见面。

"我得赶紧走了，真有急事呢。"两人互加了微信，路远收起手机说。

“那行，你去吧，咱们明年见了。”宋小朵朝他摆出再见的手势。

路远点点头，再次看了一眼宋小朵，沐浴在阳光下的宋小朵，是那样的美丽活泼，一如四年前初见那般。

宋小朵望着路远渐渐远去的背影，神情复杂，是时间的落寞、回忆的伤感、理想的无奈。她轻抿了抿唇，想到他们明年之约，蓦地，嘴角渐渐上扬，深吸一口气，转身回到酒店房间。

3

崎岖不平的山路通往仙峪村，过往的大巴车因山路只得减缓速度，慢慢前行着。路远坐在大巴车内，靠窗沉思。

他没有想到，四年后的今天竟然还能重遇宋小朵，她还是那样青春靓丽，吸引人的注目，而他们的重逢，竟是又一次上演着初遇时的场景画面，这一切就像是上天的安排。

想到这儿，路远的嘴角微微上扬，拿起手机，看着微信里边的新好友，忍不住翻看了宋小朵的朋友圈。她的朋友圈里有美食、生活的分享，也有愤然和搞笑的分享，然而，却没有看见对于感情另一半的点滴。

她还没有找到另一半吗？路远的心有些急促地跳动着，那余帆呢？

想到这儿，路远的思绪回到了四年前。

2008 年。

路远、余帆和宋小朵穿着志愿者统一制服，向路人散发传单。

宋小朵笑容甜美，每每派发一张传单，她都会说一句北京奥运会的口号——“同一个世界，同一个梦想。”

旁边的余帆同样帅气十足，扬起阳光的笑脸，默契地配合着。

宋小朵和余帆默契配合，相视一笑。

北京夏日午后的街头，酷热无比，路远见到矿泉水快没了，便向余帆招呼了一声，然后跑去提矿泉水。

他左右胳膊各夹着一整桶矿泉水，满头大汗地过来时，宋小朵抬眼看去，正好和路远目光相交。路远的眼睛对上宋小朵明亮的眸子，有些羞涩，他赶紧移开视线。不知是天气热还是心热，路远的脸红了一大片。

思绪跳回，路远脸上漾着笑意，是的，他喜欢宋小朵，正确地说，他暗恋宋小朵。可是，他知道，他的暗恋没有结果，因为宋小朵喜欢的不是他，是余帆，一个高大阳光帅气的小伙子，和宋小朵站在一起，男才女貌，登对得很。

想到这儿，笑意凝结，取而代之的是抹不去的忧愁。当初他们一起做志愿者的时候，他便知道，宋小朵喜欢的是余帆。

曾经，在余帆和宋小朵聊得如此愉快的时候，而他竟在他们两人面前发生那么一件花痴的糗事。

奥运会鸟巢内的比赛进行得如火如荼，欢呼声和加油声此起彼伏。几名志愿者抱着饮料箱上楼梯。

“余帆，你说这场比赛会是哪个国家赢？”宋小朵问。

“这可难说啊，个个都是势均力敌啊。”余帆应道，然后又露出一个邪恶的笑脸，说道：“嘿嘿，不过，我肯定为我们祖国加油喝彩啦！”

宋小朵微微一笑，扬起脸，微噘起小嘴说：“那必须的啊！”说完，两人相视一笑。

路远刚好从旁边滚梯下来，看见宋小朵和余帆并排在一起交谈着，那愉快的表情竟有些刺目，刺得他心疼，他觉得自己似乎不应该在此时出现，他低着头想赶快逃离他们的视线。

余帆看见了对面的路远，热情地打招呼道：“路远，你去哪儿？有需要帮忙的吗？”

宋小朵也同样看见了路远，只是矜持地笑着，并未出声。

“不用了，我只是去拿点儿东西而已。”路远看着余帆回答。

当路远经过余帆和宋小朵的身边，路远一直痴痴地看着宋小朵，宋小朵发觉后有些不好意思地错过路远的目光。滚梯缓缓而下，路远还在痴痴地望着宋小朵的背影，在电梯口时路远一个趔趄差点儿摔倒了。

思绪拉回，四年后再想想当时的花痴状，好傻。

路远的视线再次望向车窗外，他和宋小朵或许就是属于有缘无分的那种吧，多少次的遇见，多少次的错过。他和余帆是好朋友，他不愿伤害他，也不想破坏宋小朵的快乐和幸福。

如今他们重逢，却要各奔东西，宋小朵出国了，她说以后都要留在国外，而他，也接受了父亲的安排，到京郊仙峪村里做一个小村官。

命运就是这般作怪，路远轻叹一声，看着车窗外崎岖陡峭的山路，想着自己那迷茫的前方和前程，他瞬间感到一种无力感。那又如何呢，他已经走在路上了，回不了头了。

手里握着手机，再看了一眼微信里宋小朵的头像，他关掉微信，闭上眸子，坐在大巴车中，在这崎岖陡峭的山路中，缓慢前行着。

第二年，第二天

1

仙峪村在京郊的一个山沟里，从这里到六环要开车走一个多小时的盘山公路，这个小村庄目前只能用贫穷二字形容了，可偏偏路远的父亲，一个局级干部，将路远安排到这个村庄做一名小村官——村主任助理。一听这名字便知道这个职位的职责是什么，工作是多么烦琐。

此时路远已在仙峪村工作了一年，他这个村主任助理最常做的事就是，当村民之间有矛盾的时候，他必须出面调解，就像今天一样。

看着面前老旧的墙面、残破的屋顶，路远心不在焉地上下观察着残墙，不时拿手敲敲，对旁边的争吵声充耳未闻。这样的事情，几乎每周都要上演，他已经见怪不怪了。

今天，村里的王婶和李婶又因为房子的问题吵了起来，刚上班没多久的路远被村民叫来当游说员，调解王婶和李婶的矛盾。

两人依旧在激烈地争吵着，谁也不让谁。这时，李婶看见一旁心不在焉的路远，便指名要他评理："我说路助理，你得评评理啊，她家的破房杵在这路边，我家孩子上学放学天天经过，要是赶上刮风下雨，瓦掉了，墙塌了，砸着孩子，闹出人命，你说她该不该负责？"

路远恍若未闻，并未作答，仿佛这四周的喧嚣都与他无关，他也都听不见别人的声音。

没听到路远回答，李婶瞪了一眼路远，随后再次大声喊了他一声："路助理。"

路远这才如梦惊醒，猛然一回头，应了一声："哎。"

李婶径自大步走过去把路远拽了过来，继续说道："这房子是不是该修一下了？说句话呀。"

路远听闻感觉有些好笑，笑道："李婶，你真高看我了。"

李婶听到他的话，错愕不已，不明话中含义地问道："咋啦？"

路远抬了下眉头，自嘲地说道："我就是一小芝麻官，说话有用吗？”

听到路远的话，李婶有些不高兴了，抬高声音责怪道：“瞧瞧你这态度。”

路远无奈地摊摊手，露出憨憨一笑，说道：“没态度。”他还能有什么态度，再说，他说的也是事实不是吗？

一旁凑热闹的几个村民按捺不住自己的性子，也加入队伍，其中的一个村民方大魁对路远说道：“再小的官也是官啊，你又名牌大学毕业，这点儿小事还能难住你？”

村民刘哥也蹙起了眉头，他先是喃喃自语了一句：“要真想不出辙。”他顿了下，摸摸自己的下巴，然后对方大魁说道：“你说说，村里有比他更能的吗？一个名牌大学毕业的大学生村官，这事都解决不了。”

……

路远只能默默地听着村民的数落。

方大魁瞅了瞅路远，感觉气氛有些不对，低声对刘哥说：“少说两句吧。”说完便拽着刘哥离开这个是非之地。

刘哥是个急性子、心直口快的人，虽被方大魁拖着走了，但还是忍不住边走边说：“路助理，你呀，赶紧回城吧，窝在山旮旯里……屈才。”

路远讪讪地笑着，所有人都以为他是自愿来这小村庄当村官的。这是他父亲塞给他、为他安排好的职业，他无力反抗。

每天都有处理不完的生活小事，事事要他去协调，去劝说。而他最不擅长的就是口才，刚来的时候，经常热心肠地帮村民调解，却往往被村民一句话就顶了回来。久而久之，路远也就变得事不关己高高挂起。

周围凑热闹的人群散去后，王婶和李婶又开始了争吵，王婶对李婶吼道：“我这房压根儿就没人住，你要嫌它破，想修，你给我钱哪？”

李婶一听，火气也上来了，指着王婶的鼻子回道：“你这不讲理了吧，你家的房子凭啥我给钱啊？”

两人针锋相对，谁也不肯相让，此时的路远处于无力劝解而又无可奈何的边缘。

王婶继续吼道：“我家的房子凭啥让你指手画脚？”

路远抚了下自己的额头，这些鸡毛蒜皮的小事他早已厌烦，也力不从心，他说：“王婶、李婶，你俩接着叨叨，我先走了……”

说完便脚底抹油似的赶紧开溜，但是，天不随人愿啊。

王婶看见路远想开溜，连忙捉住他，怒气冲冲地吼道：“路助理，你什么态度？你不管是吧？行，我不修，没钱。”说着，便动手轰赶路远和李婶："都麻利地散开，小心墙塌了砸着你们的腰！"王婶把路远和李婶都轰出了街口，嘴里还不肯轻饶地念叨着。

路远无奈地望了一眼王婶和李婶，感觉有些难以理解，为了这么一件小事，竟能拌上一天的嘴，典型的小事化大啊。

路远劝道："王婶，那墙就先不管，简单把房顶归置一下，能花几个钱吗？用得着拌上一天的嘴仗？"

王婶听路远这么说，本来就已经够气结的了，如今更是火上浇油，她尖锐着声音回道："它压根儿就用不着归置，这房子没毛病，要不你来砸两下试试，能抗七级地震。"

路远闻言，嘴角微微一扯，露出不屑的一抹笑，嘲道："王婶，咱说话靠点儿谱行吗？"路远觉得可笑极了，还抗七级地震，他估摸着，不用三级地震，那房子就得塌了。

王婶看到路远脸上的嘲笑表情，有些不悦，双手叉着腰说道："你就这样的态度？"

这时，王婶和李婶吵得不可开交的两个人，竟然站在了同一阵线上。李婶听到路远让王婶只管房顶不修墙，也是极度不悦，她和王婶两人一左一右地把路远围了起来，质问道："你得给我们说道说道，怎么就叫我们拌嘴仗了？你听踏实了，我们这是在讲道理！"

路远左右看了一下她俩的架势，天生骨子倔的他依旧不依不饶道："李婶、王婶，我不是说你们不讲道理，我的意思，是……"

话还没说完，就被一道呼唤声打断。迎面走来一个面容姣好，青春活力的女孩，她是路远的同事，冯媛。

冯媛笑盈盈地走过来，到跟前的时候，眼睛看过他们每个人，脸上始终挂着不变的笑意。最后冯媛把目光定在了王婶和李婶的身上，露出一抹了然于心的笑意，说道："王婶家的房子老没人住，看上去不那么牢靠，李婶担心出了问题会砸着孩子。还是为这事儿吧？"

王婶和李婶相视点了点头。

冯媛点点头，想了想说："王婶啊，要不这样吧，咱们几个村官呢，可以先义务帮您把房顶收拾一下，等您家经济上宽裕了，再好好把房子修理修理，您看行不？"

王婶和李婶听到冯媛的话，这丫头说话好听又得体，村民们都很喜欢她。王婶连忙应道："那当然行了，既然冯助理都说了，我们都相信村委，没问题。"

李婶也在旁边附和着："这冯助理早该过来了啊，您要是早些过来，也不至于弄成这局面啊。"说着，还抛给路远一记埋怨的眼神。

路远自然也看到了李婶埋怨的眼神，只当没看见，他别过脸去。

冯媛见状，识趣地打起圆场，笑道："那就这样决定了，都先各自回去吧，我和路助理也回去了，村委那边还有些事等着办呢。"

冯媛和路远走在去村委的路上，两人开始闲聊起来。

谈及刚才发生的事，路远也开始满腹牢骚起来："她俩真是闲的，一点儿小事吵起来没完……"

冯媛看了下路远，笑了一下，说："你眼里的小事，可能就是人家最大的心事。村民的日子平凡而单纯，没有那么多风花雪月，只有柴米油盐。"

路远露出一抹苦笑，叹了一声，有些感慨道："我在仙峪村待了一年，跟这地方和这些人还是隔着一层。你明白这种感受吗？"

去年他来到仙峪村上任村委主任助理，到如今已经一年了，他总感觉自己和村民们有些隔膜，无法交心。有时候他们的想法让他无法理解，而他的想法村民们也无法明白。人和人之间，心与心之间，距离还是那么遥远的。

冯媛拉了下路远的手，连忙点头应答道："明白，明白，别着急吗。"

凑巧，这时候有好几个村民路过，冯媛扬起笑脸，一路热情地和村民打招呼，而路远则不免有些生疏，他甚至不知道该如何和他们打招呼。

忽地，一辆电瓶车迎面驶来，是村委会的杨会计。人长得不高，有些小肚腩，四方脸，但是眼神犀利，一看便是有些阅历的人。

冯媛抬手热情地招呼了声：“杨会计。”

杨会计朝冯媛点点头，却并不理睬路远，骑着电瓶车径直驶过他身边，路远倒也不在意，反正他也习惯了。

正当路远和冯媛准备继续往前走的时候，杨会计突然又兜回来停在路远面前。他先是上下打量了路远一番，然后眯起眸子，沉声喊道：“路远。”

路远和冯媛站住，不解地看着他。

杨会计毫不客气地直奔主题：“听人说，你这两天又嚷嚷着回城？你要有能耐走呢，就赶紧的，我们敲锣打鼓地欢送你，我们仙峪村庙小，容不下你这尊大菩萨。没能耐呢，就老实待着，别尽瞎咧咧！”

路远闻言，变了脸色，愠怒地问道：“你什么意思啊？”

杨会计没有继续搭理他，只是不屑地白了路远一眼，便骑车离开。

路远怔在那儿，本还想追上去找他问清楚，但被冯媛拖着他离开了。

“你听听，他说的是什么话？”

“行啦，甭理他不就好了。”冯媛安慰道，顺势挽上路远的手臂，却被路远不留痕迹地躲开了，路远刻意地和冯媛保持着间距。冯媛有意无意地靠近路远，路远显得有些尴尬，不自然地躲避着。

冯媛倒也没再逼近，她微微一笑，大度地劝慰道：“你这些不适应，都只是暂时的。凭叔叔的能量，把咱俩调回北京，也就一句话的事儿。”

听到冯媛提起自己的父亲，路远脸色一变，叹了一口气说：“要不是他逼我，我能当这村官？”

冯媛不以为然，反而甜蜜地说：“你不来当村官，咱俩能认识？所以，我一直很感激叔叔呢。”

路远听到冯媛的话，脸色更加沉下来，不发一语地走着。

冯媛眼尖地看到路远微变的脸色，急忙岔开话题，软语相劝道：“你呀，还是赶紧把入党申请书提交了吧，政治上铺好路，如果不愿意留在仙峪村，进一个满意的单位也容易一些。”

一说到入党，路远便想起父亲经常在他耳边念叨这些，他的脸色一冷，语气坚决地说：“暂时不想入。”

冯媛微微皱起眉，劝说道：“入党是好事。”

路远说：“我知道是好事，但我不能为个人前途入党，我也不够入党资格。”

路远心里很明白，他现如今根本就不具备入党的资格，也从未想过要靠家庭的背景来达到自己事业上升迁的目的。

一旁的冯媛听到路远语气坚决，着急万分地说："谁不为个人前途着想？"冯媛的家庭不算富裕，也没有什么背景，她一直想着调回城里。但调回城里谈何容易，更何况还是刚干一年的大学生村官。

路远有些无所谓地说："我，不行啊？"

冯媛见到路远既无所谓又倔强的样子有些生气，但是她很快就恢复了往常的大度和笑容，笑着说："好好好，听你的，不入就不入。"

冯媛又小心翼翼地问道："那如果不入党，不调回北京，你打算做什么？一辈子在村庄里做着小村官吗？"

听到冯媛的话，路远的思绪有些飘远，是啊，他要做什么？脑海中浮现出一抹魂牵梦萦的倩影，却不知道，他心心念念的那个人，今天如约回到了北京。

她没有忘记他们之间的约定。

2

刚下飞机，宋小朵就打车来到上次见面的酒店，门童拉开车门后，宋小朵期盼地快步走了进来。

“您好，小姐，请问是要住宿吗？”前台礼貌地问道。

“是的。”

“请提供身份证。”

宋小朵点点头，打开自己的背包，准备拿出身份证。探进手去，宋小朵皱起了眉头，她再度翻了下，更是皱紧了眉头，她索性将背包放在前台的桌子上，神情慌张地将背包、行李箱翻了个底朝天，泄气地朝前台摇摇头：“我身份证丢了，护照可以吗？”

前台理解地回望宋小朵：“护照不行，不过你可以到附近的派出所开个证明。”

宋小朵想起什么，她来到酒店大厅里的沙发上，打开微信，寻找着路远。屏幕上却显示二人之前并无任何交流。

路远的思绪瞬间被手机铃声拉回了现实，他拿出来按下接听键。电话的那头，传来一个熟悉而又遥远的声音：“路远，我已经到北京了，现在身无分文，钱包和身份证都丢了……”

听到这个声音，路远张口结舌，不知道该怎么接下去。他以为去年今日的约定只是一个寒暄，却不曾想宋小朵准时地赴约了。

冯媛看到路远的表情，有种不好的预感，她侧耳聆听着。当听到电话那头是一位女生的声音时，瞬间露出不悦的表情。

“实在对不起，找不到别的朋友，只有麻烦你啦！你赶紧来吧，老地方！”电话那头传来宋小朵无助欲泣的声音。

“你别着急，我马上过来。”路远同样心急地说道，“喂……喂？”

“好，那你赶紧来，我……”电话那头的宋小朵仿佛感觉到什么，观察了下手机，发现手机已黑屏了。

关机！竟然这个时候关机！

宋小朵按了按开机键，手机没反应，刚才在出租车上玩了会儿游戏，玩儿到还剩 1% 的电，原准备到了房间再充电的，可是身份证又弄丢了。宋小朵将手机放在前台充电，索性坐在酒店大堂最角落的那个沙发上，安静地等待着路远。

路远又连续呼唤了几声，都没有人回应，心急不已的他挂断电话回拨过去，手机里传来语音提示：您拨打的电话已关机，请稍后再拨。

路远再也按捺不住，他跟冯媛交待两句道：“我朋友遇到麻烦了，得过去看看。”不等冯媛回答，便急着要走。

“哎！”冯媛及时拦住心急不已的路远问，“你……什么时候回来？”

路远转身回道：“晚上吧。”

冯媛故作大度地问道：“你什么朋友，我认识吗？”

没注意到冯媛的神情变化，路远径自回道：“你不认识，以前一起做志愿者的一个小妹妹，她来北京出了点儿意外。”

冯媛内心不悦，却表情淡然地点点头说：“那你小心点儿，晚上记得回来。明天还有个会。”

路远刚走几步，又被后面追上来的冯媛拉住问：“出什么意外啊？需要我帮忙吗？我陪你一起去吧。”

路远边跑边扬起手挥了挥，喊道：“不用了，我晚点儿回来啊。”

路远渐渐走远，冯媛看见路远渐行渐远的背影，脸上的笑容渐渐淡下来。他从来没对任何一个女孩子这么上心过，即使是对她，也从来没有表现得那么心急、关心。

她越来越好奇，那个女孩到底长什么样？那个女孩到底是谁？心中也越来越不安，她仿佛就要失去路远，失去她想得到的一切。

路远以最快的速度赶到村口的站台，也算是幸运，他刚好赶上一班正准备出发的大巴车。他额头的汗珠似黄豆般洒落，也顾不上擦拭，急奔上车。

路远坐在车内，心急如焚，恨不得立马就能到达酒店见到宋小朵。路远不停地抬头望向窗外，看着大巴车在盘山公路上一圈一圈地盘旋着，他的脸上尽是焦急的神色，紧握着手机，不时焦虑地看一眼屏幕。

他想，宋小朵刚从国外回来，钱包丢了，手机估计也是没电关机了，可想而知她的处境。就在这时，微信提示音突然响起，路远激动地掏出手机，以为是宋小朵充上了电，发来的微信。打开一开，发现是冯媛的信息，刚燃起希望的心瞬间跌落谷底，他的表情显得有些不耐烦。

手机屏幕显示着冯媛发来的信息："你就踏踏实实忙你的事，假已经给你请好了。你路上千万注意安全，顺道回家看看叔叔吧，替我向他问个好。"

路远简单地回了一个："谢谢啦。"但还没有发出去，他顿了下，想了想，又删除掉，改成"知道了"。

大巴车正在盘山公路上行驶着，不远处高大巍峨的大山和葱葱郁郁的树林此刻仿佛是个紧箍咒，紧紧地将大巴车和路远牢牢套住。他紧握着手机，一脸焦虑和凝重。他从来没有觉得，原来仙峪村和市区的距离是这么远，远到他几乎觉得已经过了一个世纪之久。

好不容易，在转了两次车后，路远终于到了离酒店最近的一站路，来不及喘气，路远下车后一路奔跑到酒店大堂里，急切地四处探看着，却始终没发现宋小朵的身影。

他一边寻找着，一边拿出手机继续拨打宋小朵的电话。可是手机那头依旧传来提示音：您拨打的电话已关机，请稍后再拨。

此刻的宋小朵蜷在沙发的一角睡着了，她突然像感觉到什么，蓦地醒了过来，揉揉惺忪的睡眼，抬头张望。恰其然，看到路远正神情紧张地四下寻找她。

宋小朵欣喜万分，正准备起身招呼路远过来，后又想到什么，忽地又灵机一动，故意侧过身去，藏了起来，故意不让路远看到她。

路远没有发现宋小朵的身影，他焦虑不已地跑出酒店。再次拿出手机拨打着宋小朵的电话，依旧是关机的提示音，他焦虑不已地四处张望着，站在酒店外急得团团转。

宋小朵透过玻璃，悄悄观察着路远，路远还是站在大门外不停地张望着，不知所措，焦急不已。宋小朵看着看着，由顽皮转为感动，她感觉自己做得有些过分，路远为了她从大老远的仙峪村跑过来，自己却故意躲了起来捉弄他。

她抿了抿唇，整理了下自己的仪容，便拖着行李箱快步走向门外。

宋小朵会不会在上一次见面的地方？宋小朵会不会是出了什么意外？我会不会走错了酒店？各种不好的念头闪过路远的脑海，正当他考虑着要不要报警的时候，满脸汗水的他抬起头，瞬间愣住了。

只见宋小朵款款走来，笑盈盈地凝视他。

所有的心急化作喜悦，路远竟开心得说不出话来：“小、小朵……”

宋小朵来到路远面前，行李箱放在脚边，睨了他一眼，故作生气地问：“你不会是把咱们的约定忘了吧？”

这突如其来的问题，让路远错愣了片刻，他挠了挠头，有些不好意思，略有些结巴地应道：“没……对不起，我最近太忙了。”

宋小朵嘟起小嘴，白了他一眼，然后轻拍了下他的肩膀说：“看在你今天那么心急找我，满脸大汗的份儿上，放过你了。”

路远笑道：“看来我今天这汗水流得太值得了啊。”

“哎，我还没说完呢。”宋小朵打断路远的想法。这话一出，着实让路远心抖了下，他知道，宋小朵整人的招可多着呢。

看到路远那紧张的模样，宋小朵不由得扑哧一笑道：“你别紧张啊，我有那么可怕吗？”

路远嘿嘿一笑，挑了挑眉，顺势答道：“我感觉有。”

宋小朵瞪了他一眼，然后恢复一贯的俏皮和可爱，说：“我只是想今晚投靠你，顺便让你请我吃一顿饭，我身份证和钱包丢了，手机又没电了，现在又累又饿。”

路远二话不说，接过宋小朵的行李，拉着她就走。

“哎，你拉我去哪儿啊？”宋小朵没来得及反应。

“你说的啊，请你吃饭，让你投靠啊。”路远没有停下脚步，边走边应道。

听到有吃的，宋小朵瞬间眼睛发亮，肚子也很不争气地打起了锣鼓，惹得两人大笑起来。

路远带着宋小朵来到一家面馆，这是依照宋小朵的指示，想吃牛肉面，他们才找了这家。

两人找了位置坐下后，各点了一份牛肉面，路远还很贴心地帮宋小朵多加了一份牛肉，宋小朵饿得连说话的力气都没有了，当香喷喷的牛肉面端上桌，宋小朵顾不得形象说：“我快饿死了，我先吃了啊。”

宋小朵的吃相穷凶极恶，专心致志地对付一海碗牛肉面。

路远一边吃着面，一边关心着狼吞虎咽的宋小朵，看到宋小朵那穷凶极恶的吃相，他觉得有些可爱又好笑，说道：“你慢点，别噎着……”

“我现在饿得能吃下一头牛了。”说完，宋小朵端起面碗大口喝着汤。路远见状抽出两张纸巾递给她，宋小朵自然地接过纸巾擦擦嘴。好不容易空出一下，嘴里挤出两个字："好吃。"

路远望着宋小朵，嘴角盈着一抹笑，像是想到了什么，问道："你真把钱包和身份证弄丢了？"

宋小朵并没有抬头望路远，她边吃边回答："你以为？我明天回美国，要不是为了咱俩的约定，特地从北京转机，钱包和身份证怎么会丢！"

言下之意，就是路远的错，他得负责收留她。

"那护照呢？"路远着急地问。

宋小朵嘿嘿一笑，笑容有些得意，应道："只丢了钱包和身份证，其他的都在。"

宋小朵把面汤都喝得一滴不剩，这才放下碗筷，一脸满足。

"还要不要再来一碗？"路远问道。

宋小朵摆摆手，摸了摸肚子说："不用了，不用了，这回算是饱了。"说完，还很没有形象地打了一个饱嗝。

路远好笑地看了她一眼，摇摇头说："那吃饱就走了，怎样？"

宋小朵做出个没问题的手势，本想拖过自己的行李箱，路远绅士地接过宋小朵的行李箱说："这种事理应男士服务。"

宋小朵也毫不客气地应道："也对，那就有劳了。"说着，径自走在前面，一副女王驾到的模样。

夜晚的北京很凉快，奥林匹克公园里散步的人越来越多。天空已经黑下来了，在看不见星星的城市里，只能用灯光来代替。奥林匹克公园的广场上灯光闪烁，两人并排走在广场上，面对着水立方，夜晚的水立方就像一个蓝色的"水晶盒子"吸引着人们的目光。

两人坐在水立方不远处的椅子上，路远问："你今晚，怎么打算？"

宋小朵看了路远一眼说："不知道。要不，我们聊会儿天，我去机场大厅凑合着过一晚？反正明天就去美国了。"实在不行，也只能走这条路了。

路远无奈地说："我走得匆忙，身上没带多少钱，估计也就够你吃几碗牛肉面，要不，你去我家将就一晚上？"

路远的提议让宋小朵目瞪口呆，路远说去他家住？难道是她听错了吗？宋小朵不可置信地重复一次："你家？"

路远点了点头，表示宋小朵没有听错，然后不等宋小朵的回应，拖着行李箱就走在前面催促道："走吧。"

宋小朵望着路远的背影，疑虑片刻，还是选择跟在路远身后。路远在前面带路，宋小朵有意无意地落后路远一步距离，不时偷偷瞟他一眼。

两人静静地走着，谁也没有再说话，最后还是宋小朵先开口，一脸的严肃看着路远，喊了一句：“路远。”

走在前面的路远听到喊声，回头看了下宋小朵。

宋小朵舔了舔唇瓣，清清喉咙，继续问道：“你有没有喜欢过一个人？”

路远不知该如何作答。

见到路远不知道怎么作答，宋小朵似在自言自语地解释着喜欢的意义。她表情似陷入沉思，依旧能看出脸上的幸福神情，低喃着：“跟她做什么都愿意，在一起不说话也不尴尬，一个眼神就觉得她跟你说了好多话。”

路远默然地听着，有些茫然，他蹙起眉头，费心地揣测宋小朵的心思。

宋小朵没有看到路远的神情，低头自顾自地继续说道：“我有过那种感觉。”

听到这儿，路远似乎恍然大悟，望向宋小朵，敛下眼睑，而后又迅速抬起头说：“我明白。上个月，我们见过面，他还聊起你呢，说特别想见你。”

听到路远的回答，宋小朵有些始料未及，她对上路远的眼，有些疑惑地问：“谁？”

路远故作轻松地回答：“明知故问！余帆啊！”

听到路远的回答，宋小朵低首沉默了，眼神黯淡了下去。

“怎么了？怎么突然不说话了？”路远望了眼宋小朵问。

宋小朵扬起一抹淡笑，耸耸肩说：“没什么，走吧。”

到了路远家楼下，准备进楼时，宋小朵心神不宁地四处看了看。她心里有些慌乱，毕竟是第一次去男孩家过夜。

路远疑惑地望了眼宋小朵。宋小朵抿了抿唇，迟疑地说：“还是不进去了吧？”宋小朵心里顾虑起来，她一个女孩子，就这么跟着一个男人来了人家的家里，这怎么说都不好吧。

路远放下行李箱，不解地问道：“怎么了？”

宋小朵有些别扭，感觉也不好说出口，嗫嚅道：“孤男寡女的。”

路远看着宋小朵几秒，忽而哈哈大笑起来。

宋小朵听见他放肆的笑声，白了他一眼，假装凶狠的眼神瞪着路远道：“你还笑，我是说认真的，我一个女孩子，你说这……”

亏他还笑得出来，男人脸皮真的比女人厚很多，这话真心没错。

路远在宋小朵的瞪视下终于停止了笑声，然后假装神秘地微俯下身子，低声说：“我刚谈了个女朋友，跟我在一个村当村官，还没来过我家呢。你是第一个跟我回家的女孩，我更紧张。”

宋小朵一脸惊讶，眼神里闪过一丝伤感，转而又笑道：“你有女朋友啦？怎么都没听你说过。”

黑暗里，路远看不见宋小朵的表情变化，他说：“这一整天心急着找你，找到你后，也没有机会说呢，跟我一块儿工作的，叫冯媛。”

“恭喜你啦，摆脱单身狗的行列了。”宋小朵心里苦涩无比，却只能强颜欢笑着。原来他已经有女朋友了，那我就更不能去他家住了。

“你早就不在单身狗行列了。”路远说。在路远的心里，宋小朵和余帆的故事或许会继续下去，或许已经结束，更甚者她在美国早已有了喜欢的人，无论怎样，那个人永远也不会是他。

宋小朵想了想，有些左右为难地说：“这样更不敢去你家了，让你女朋友误会……”他都已经有女朋友了，而她还跟着去他家住，让人看见或知道了，岂不是误会了，这万一传到他女朋友的耳朵里，肯定影响他们的感情。

宋小朵思虑再三后转身欲离开，可路远却挺直了腰板，一脸正气地说：“身正不怕影子歪！”说着，拉着宋小朵的行李箱进楼，边走边催促宋小朵道：“就别磨蹭啦！”

宋小朵无奈地喊了声："路远！"

但是，路远没有理会她，径自走在前面，还不忘催促她快点儿，宋小朵叹了口气，不得已地跟了上去。

走在公寓的楼道内，宋小朵越想越不对劲儿，总觉得这样安排不妥，小跑几步追上路远，说道："路远，我觉得我还是去机场大厅住一晚吧，反正只是一晚而已。"

"小朵，你可不是那么啰唆的人啊。"路远睨了宋小朵一眼。

"不是，我觉得这样不好。"说着，宋小朵眼神有些黯淡。

路远知道宋小朵想什么，可他怎么也不能让她去外面住啊，"这有什么的，坐得端，行得正，再说了，都快到家门口了。"

"可是……"宋小朵话还没说完，突然，路远家的房门打开，从屋子里出来一个中年男子，手里拎着垃圾袋。

3

路永明的突然出现，让路远和宋小朵都吓了一跳。

路远紧张地喊道："爸！"

宋小朵知道这位就是路远的父亲，一时手足无措，竟说不出话来。

路永明看了他们俩一眼，并没有答应，而是四下环顾后才沉声问道："冯媛没来？这位是……"

听到路永明的问话，路远赶忙介绍道："她是……"与此同时，宋小朵也极有默契地回答："我是……"两人几乎是同时的回答让气氛瞬间凝结，两人尴尬对视着。

路永明见状，不动声色地看看路远和宋小朵，心里像明白了什么，并没有说话。

路远和宋小朵对视了一眼，眼神接触的刹那，两人瞬间又将眼神移开。

"那个……爸，您要去丢垃圾啊？"路远率先开口打破尴尬。

"叔叔，我去吧。"宋小朵识趣地想接过路永明手中的垃圾，却被路永明阻止了。

"不用，我自己去扔掉就好。"路永明说着，然后望向路远。

路永明利眸锁住路远说道："你们先进去吧。"说完便越过他们径自走开。

路远和宋小朵回身看着路永明的背影，两人对视一眼，路远开口说道："走吧，我们先进去。"

宋小朵心慌意乱，手足无措，从没想过和路远父亲的见面会是这般景象，让她心乱不已。

路远招呼着宋小朵在客厅的椅子上坐下，给她倒了杯水说：“来，喝水。”

“谢谢！”宋小朵接过杯子。

两人没有再说话，直到路永明进屋。宋小朵一见到路永明进来，反射性地起身，显得十分礼貌乖巧。

“路叔叔，那个……”宋小朵紧张得不知道该说什么好。

“那个……爸，我先带小朵进房间休息下。”路远及时化解尴尬，领着宋小朵进入了自己的卧室。

宋小朵乖巧地跟路永明打招呼：“路叔叔再见。”

路永明“哼”了一声，进入自己的卧室。

打开房门，路远伸手在房间的玄关处打开灯，整个房间瞬间变亮。

此时，整个房间的景象出现在眼前，只能用凌乱来形容。床上摆着路远的衣服，写字桌上堆满书，墙上贴着篮球运动员海报……

路远没有丝毫的准备，当看到自己房间的乱象时，才想起自己房间竟是如此的凌乱，瞬间尴尬无比，他看了一眼宋小朵，嘿嘿地一笑，便手忙脚乱地收拾凌乱的衣物和书。

好不容易把床和椅子收拾得稍微像样点，路远才站起身子挠挠头，尴尬地赔笑道："不好意思，有点儿乱了。"

宋小朵笑了笑说："没事，别麻烦了。男生的屋子都这样。"

尽管有宋小朵的安慰，路远还是把床铺捋了捋说："今晚你睡我的床，我睡客厅沙发。"

宋小朵感谢地笑笑，在房间里缓步走着，四处打量着，许久才低喃问道："听说路叔叔是局长？"

闻言，路远沉下了脸色，反问道："这个重要吗？"

宋小朵看了一眼路远笑了笑，然后走到房门前，将房门拉开一条缝，张望了一眼客厅，低喃道："哪像一个局长的家啊？够 90 年代的。"

听到宋小朵这么问，路远苦笑着回答："那你认为局长的家应该是怎样的啊？"

宋小朵将门关上，回到路远面前，侧头想了想说："我觉得虽然不至于奢华无比，但至少也是豪宅型的吧，再怎么说，都不能像你家这样的啊。"

路远闻言，忍不住轻笑道："你说的那些可都是贪官型的啊。"

"贪官型的，可不只是豪宅哦。"宋小朵俏皮地回答。

两人忍不住笑出声来，就在这时，敲门声传来。

宋小朵一惊，路远赶紧走过去开门，故作镇定地说：“爸，是您啊！”

路永明没有应答他，只是用眼神示意路远出门，然后径自走了。

路远关上门，对宋小朵说：“你先梳洗一下早点儿休息吧，有什么事可以给我发微信。”路远晃晃手中的手机。

宋小朵点了点头，衷心地说了句：“谢谢你，路远。”

路远笑笑说：“跟我还客气什么。我先出去了，不打扰你休息。”

宋小朵朝他挥挥手，直到听到路远关门的声音，才转身打开自己的行李箱准备梳洗。

路远走出房间，看见路永明坐在椅子上等着他，他走了过去，刚坐下，路永明便开口道：“给冯媛打个电话。”

听到父亲的话，路远有些错愕，他看了下墙上的钟表，说道：“爸，这么晚了。”真搞不懂父亲在想什么，这都几点了，好好地突然让他给冯媛打电话。

路永明听到路远的推辞，又加重了语气，这回声调中带着不容置疑的威严：“让你打就打。”

路远看着父亲，无声地叹息一下，无奈拿出手机没好气地拨打电话，期间还偷瞄了几眼一旁沉默严肃的路永明，很快地，电话接通了。

“路远，还没睡呢？”电话那头传来冯媛的声音。

路远清清喉咙，说道：“嗯，准备睡了，我明天回仙峪村。”

路永明看看路远，又看看卧室门，心里像是放下了什么，便起身离开。

宋小朵刚洗完澡，坐床沿上擦着头发。床头柜上的相框吸引了她的注意，她顺手拿起来看了看。

这是一张 2008 年当北京奥运会志愿者时拍的照片，宋小朵和余帆站在前面，路远站他俩的身后。

2008 年。

宋小朵和余帆擦拭着大堂台阶上的扶杆，两人有说有笑，卖力地擦拭着，都没有发现一起当志愿者的张华斌拿着照相机出现，缓缓朝他们靠近。

张华斌拿起照相机，调整好角度，然后打了声招呼试图引起他们望向镜头：“Hi。”

果然，宋小朵和余帆同时回头，而路远恰巧这时候走了过来，一感觉到不对劲儿，路远迅速闪开。

“咔”画面定格在了这一块。对路远来说，这是一个值得纪念的场景，因为这是他和宋小朵唯一的一张合影，他把这张照片洗了出来，一直保存到现在。宋小朵再次看了下手中的相片，然后把相框放好。她想到了什么，拿出自己的手机，给那张照片拍了个照，含笑看着自己手机上的照片，犹豫一下，拿起水杯往外走。

路远刚和冯媛通完电话，正准备去看看宋小朵休息了没有，却被路永明叫住道："小远！"

路远没好气地看向父亲，无奈地问道："爸，又干吗呀？"

凑巧此时，想倒杯水喝的宋小朵听到了他们父子的声音，她停在门口，将刚拉开的门小心翼翼地关上。

客厅里，路永明一脸严肃地看着路远，沉声问道："你走的时候，村里工作交待好了吗？"

路远倚在墙上，沉默以对。

看着路远这般无所谓的样子，路永明按住心中的怒气，压低声音说道："说话。"

被父亲这么一吼，路远心里顿时也来气了，他摊摊手，不屑地答道："有什么好交待的？就那点儿破事。"

看到路远那副趾高气昂、不可一世的态度时，听到他贬低自己的工作，看懂他眼神里的不屑，路永明再也按捺不住心中的怒气吼道："你这是什么态度？"

路远不想再和父亲争吵下去，做出投降的动作，语气里尽是无奈，说道："爸，我太累了，你让我睡觉吧。"

路永明指责道："为了一个女孩就把工作给丢下,你还嫌累？"

路远苦恼地揉着太阳穴，摆了摆手，无奈地说道："我不跟你争，你不就想让我什么都听你的吗？我听不就行了？"

从小到大都是如此，父亲总是要路远按照他安排的轨迹走下去，想到这儿，点点滴滴掠过路远的脑海。

听到路远的话，路永明气愤地说道："你！"

路远知道父亲很生气，但是他心里也很郁闷，也不想再说什么，便低头不语。

路永明气得说不出话。

时间仿佛冻结一般，两父子谁也没有说话，许久，路远才打破沉默，说道："爸，您早点儿休息。"

路永明也知道此时无法沟通什么，于是无奈地挥挥手。

路远蓦然转身，刚准备去看宋小朵又被路永明叫住："喂！"

路远背对着他闭了闭眼，吐了一口气，不情愿地转身，问道："爸，又怎么啦？"

路永明看了下路远说："明天一早，赶紧给我回到村里去。"

就知道他要说这个，路远应道："知道啦！"路永明看着路远的背影深叹口气。

路远吁了一口气，停住脚步片刻，像在想什么事情，而后，又转身在衣柜里拿了被子和枕头在沙发上铺好。

宋小朵听见外面没有声音了，出来倒水，看到正在沙发上铺被子的路远，两人四目相对，相视一笑。路远继续铺着被子，宋小朵倒满水后，便将水杯放在一边，帮助路远铺床。

“不好意思啊，今晚让你睡沙发了。”宋小朵抱歉地说道。

“嘿，没事，别放心上。”路远大方地应道。

铺床时，当两人的手碰触在一块儿的时候，就像触电一般，迅速地避开，空气中凝结着尴尬和羞涩，路远回避地离开沙发，刚好看到桌子上放着一袋干果，顺手递给宋小朵说：“尝尝，我们村产的干果。”

宋小朵顺手接过，坐在旁边的椅子上，打开袋子吃了一颗干果。

刚吃第一口，宋小朵便露出惊讶不已的表情，赞叹道：“真好吃。”这可以说是她吃过的最好吃的干果，没有之一。

“那当然，纯天然无污染的。”路远有些骄傲地说道，而后又叹道：“可惜堆在山里卖不出去。”

宋小朵忍不住又吃了一些，听到路远的话，她瞬间有了个想法，兴奋地晃了晃路远的胳膊，说道：“可以想办法销往国外啊！现在提倡合理膳食，这种营养丰富的干果，在国外太受欢迎了。”

路远看到宋小朵放在他胳膊上的手，有些不好意思地把胳膊移开，疑惑地问道：“销到国外？”

宋小朵意识到路远的反应，微垂下眼睑，心里有些失落。为了打破尴尬气氛，宋小朵转移话题道：“对了，有你们村的照片吗？”

“有啊，我微信发给你看看。”路远拿出手机，给宋小朵发了一些村里的照片。

“村里风景不错，边上就有古长城，可遍地都是残败的老房子，也没什么别的资源，想给他们办点儿实事，也无米下炊。”路远一边发送照片一边说道。

宋小朵拿着手机查看图片，不由得惊讶道：“好漂亮！”

听到宋小朵的惊叹，路远苦笑一下：“漂亮有什么用！”

宋小朵轻撞了下路远的肩膀说：“现在发达国家非常喜欢原生态的居住环境，提出‘修旧如旧’理念。这种房子原汁原味，可以引进旅游项目啊。”

听宋小朵说得头头是道，路远不由得心有所动道：“是吗？”

宋小朵激动地说：“我可以想办法引进资金，把闲置的残破房屋利用起来，保留古朴、原生态的框架结构……”

“等下，等下。”路远打断了宋小朵的话，然后拿过手机，开启记事簿，迅速地记录，“你别停，接着说，接着说！”

宋小朵笑了笑，欣喜地注视着路远，同样一脸激动热情，继续说道：“按照中国古典建筑风格统一装修室内设施，做到既舒适宜居，又保留传统文化气质！”

路远边听边记录，沉浸在兴奋之中，灵光一闪道：“对了，对了，还可以把村里闲散人员组织起来，让他们参与服务管理工作！”他顿了下，露出狡黠的笑容，问道：“小朵，你说实话，刚才吃的核桃、板栗咋样？”

宋小朵不解地点头应道：“还不错哟！”

听到宋小朵的肯定，路远眼睛突然发亮，说道：“那就还麻烦你帮我联系一下国外食品厂商吧，看能不能把我们村的板栗和核桃也销出去。”

宋小朵没有回答他的话，她也不确定是否能帮得上忙，只是静静地微笑注视路远，许久。

路远沉浸在自己的世界中，没有发现宋小朵正满脸兴味地看着他。等他反应过来，无意中对上宋小朵注视他的眼神，路远疑惑地问：“咋啦，我说错了吗？”

宋小朵继续注视着他，笑而不语。

路远激动地感慨道：“绿水青山就是金山银山，我们原来是在捧着金饭碗讨饭呢！”

看着路远充满激情的模样，宋小朵在心里也下了决心，说道：“拼了我这小命，旅游开发，干果出口，我努力给你一起打包了！”

路远激动得不知该如何表达感激之情，满脸激动感谢地说道：“小朵，我只有先谢谢你啦！”

宋小朵忍不住笑道：“别客气。我也只是尽力而为。”而后睨了他一眼，调侃道：“我看啊，你还是蛮喜欢自己现在的工作吗。”

看着路远对仙峪村的发展那么关心，一心想为村民做实事，想让村民过上富裕安定的生活，她就知道，其实他并不是那么排斥这份工作，只是死鸭子嘴硬罢了。

路远显得有些尴尬，然后很急于辩白地说道：“有吗？我怎么不知道？只是，觉得能帮到村民们，心里有一种别样的感觉。”

宋小朵不禁感叹道：“喜欢一种生活和喜欢一个人差不多，说不清的。你一旦弄清楚那种感觉，往往黄花菜都凉了。”

路远听到宋小朵的话，微微一愣，像是听懂了什么，又没完全明白，索性尴尬地关了落地灯说：“时间不早了，赶紧睡觉吧，明早赶飞机呢。”

黑暗中，宋小朵嗔怪地注视着路远。路远根本看不清宋小朵的表情。他径自躺在沙发上，用毯子将头蒙住，屏住了呼吸。

宋小朵气哼哼地转身回卧室，突然撞在了家具上。“哎哟”一声，宋小朵在心里咒骂着，转眸望了下路远的方向，见他没有动静，无声白了他一眼，径自拿起水杯便一拐一拐地往房间走去。

听见关门声，路远才缓缓地拉下毯子，轻叹口气。睁眼望着天花板，了无睡意地沉思着，小朵的话在他脑海回响着：喜欢一种生活和喜欢一个人差不多。他其实清楚那种感觉，只是早已经没有了机会。

闭上眼，路远没有再去想，或者说这些已经是事实，又何须再想。

夜，沉寂下来，如墨色般黑暗，依稀听见夏日的虫叫声，屋子里，隐隐传来路永明的咳嗽声。

太阳透过窗帘射进屋内，路远被这刺眼的阳光照耀得辗转醒来，眼皮跳动几下，缓缓睁开眼，抬手看了下腕上的手表，清晨 7 点。

他赶紧起床去洗漱，等他整装完毕，已经是 7 点 30 分了。路远看了下腕上的表，抬眼望向卧室，宋小朵还没起来，昨晚听她说 9 点 30 分的飞机，现在起来吃个早饭赶去机场也就差不多了。

这时，路永明的房间门打开，路远停住了去叫宋小朵起床的脚步，转身望去，看到父亲走了出来，打声招呼道：“爸，您起来了。”

“嗯，你怎么还没去村里？”路永明皱眉问道。

“爸，我已经打电话给冯媛，让她帮我请两个小时的假，我等会儿送小朵去了机场，就回村里。”路远解释道。

“你还嫌昨天闹得不够是吗？”路永明沉声说道，意思摆明了就是要路远现在就去村里，让宋小朵自己去机场。

路远怎会不明白父亲的意思，可是要他丢下小朵不管，他万万做不到，他上前一步，严肃地问道：“爸，就算是作为朋友，做事也要有始有终吧，小朵是我的朋友，我理应这么做。再说了，我这不算不负责任的行为，我已经请过假了。”

路永明默然地听着路远说的话，想了想，然后说道：“记住，一送完人，马上赶回村里去。”不等路远回答，路永明拿着自己的文件包便出门了。

路远见父亲同意了，便转身往卧室走去，走到门口，欲敲门之际，宋小朵恰巧打开了门，路远的手停在半空中，瞬间有些尴尬。

“你起来啦。”路远放下半空中的手说道。

“早啊。”宋小朵扬起一抹微笑和路远打着招呼。

“昨晚睡得好吗？”路远小声问道。

宋小朵点点头说：“还不错哦。”说着，一拐一拐地往房间内走去。

路远见到小朵的脚受伤了，关切地问道：“你的脚……”

“昨晚撞桌子了。”说着，宋小朵微怒地看着路远，心里还是堵着一口气。

“那……那个我去给你拿点儿药酒擦擦。”路远说着，正要去拿药酒，却被宋小朵阻止了。

“不用了，我有擦过了，我行李箱里有。”说着，宋小朵便动手收拾起行李准备赶赴机场。

“那你准备下，等会儿我们出去吃早餐，然后直接去机场，要不然你来不及了。”路远说道。

“好。”宋小朵应声，在路远快要走出房门的时候，宋小朵忽然叫住他，“路远，谢谢你！”她站起身，由衷地说道。

“客气啥，你准备下，我先出去等你。”说完，路远便走了出去。

北京机场，宋小朵和路远徐徐走了进来，就在宋小朵准备过安检的时候，两人在安检口前话别。

“今年的约定咱俩都做到了，明年呢，明年我还会回来的。”宋小朵注视着路远说道。

“我就在北京，一直都在。”路远望着宋小朵，话中深意十足。而后恢复一贯的吊儿郎当，说道：“再说了，我还在等你帮我把干果销出国外，引进旅游资金呢。”

宋小朵扑哧一笑说道：“我答应过的一定会做到，放心吧，你就等着我的好消息了。”

“那就一言为定了哦。”路远笑应道。

想了想，宋小朵忽然灵机一动，对路远说道：“哎，要想做成这事，可不能不联系啊，我没办法经常回国，咱俩微信多联系了。”

“没问题。你多保重。”

宋小朵点点头，看了下时间，要过安检了，要不然来不及了，“那我先走了，明年见。”说着，宋小朵快步地往安检口走去，还不时回头向路远挥手。

一年一次见面的约定，他们实现了第一年，明年呢，明年他们都还能继续遵守着那个约定吗？路远的心是肯定的，他们之间现在有了工作伙伴的关系，能够常联系而不怕找不到借口了。

想到这儿，路远满脸笑意地走出了机场，去车站坐车前往仙峪村。

第三年，第三天

1

最悄无声息又不留痕迹的是时光，匆匆又一年，转眼已经2014年了。

时光像流水，在指尖滑过却抓不住，我们总是感叹时间过得太快，而有一年之约的路远总是感叹时间太慢了，为了这一天，他等待了一年。

酒店大堂内，路远对着玻璃窗整理自己的着装，时不时地看看电梯方向，忐忑不安地踱步等待。

今天是他和宋小朵约定的日子，他早早地来到酒店大堂等候着。再次来到这家酒店，这里充满了许多的回忆，路远心里乐开了花。而且今年的见面不止是两个人的约定那么简单，宋小朵在电话里告诉他，还把外国投资商的负责人带来了，是专程来考察仙峪村，看能否引进资金做旅游以及干果能否销往国外。

路远心急不已地来回踱步，时不时地望向电梯方向，终于，在漫长的等待中，宋小朵带着一个年轻的中国人和一个外国女人有说有笑地出了电梯。

宋小朵远远地见到路远，立马朝他挥挥手道："路远，又一年没见了。"

"是啊，又一年了。"路远开心地走上前去，看到旁边的两个人，心想应该是小朵说的投资方了，"小朵，这两位是？"

"来，我来介绍下。"宋小朵轻敲自己的额头，然后给路远介绍两人，"路远，这位是任帅，这位是贝丽，两位是这次项目的投资方考察员。"紧接着，宋小朵又给任帅和贝丽介绍了路远。

"您好，请多多关照。"路远客气地说道。

"路先生，别客气，这次考察希望能有机会合作，也希望我们以后的合作愉快。"贝丽用英文说道。

"是的，我保证您不会后悔这个决定。"路远用流利的英文回道，"我们现在就去仙峪村吧。"说完，领着众人前往仙峪村。

为了这次接待，路远特地借了一辆越野车，在车快到达仙峪村村口时，路远看见了不远处一个个熟悉的身影。

村口，路永明、冯媛和两位村干部站在路边迎接着。看到父亲也来了，路远一脸严肃地注视着前方。他和父亲的关系一直很严肃，就像战场上的将军与士兵，常常是命令与服从。

宋小朵看出路远的紧张和严肃，捅了路远一下，指了指贝丽和任帅，挑眉示意他注意情绪，暗示他放松状态，别搞得那么严肃紧张。

路远接收到宋小朵的意思，勉强地挤出笑意。

路远走在最前面，他伸手给路永明，客套地寒暄道："路局长好，欢迎欢迎！"两人靠近一步，路远低声道："您怎么来了？也不提前打个招呼。"

路永明严肃地盯路远一眼应道："我来公干，用得着打招呼吗？"利眸看看下车的宋小朵一行人，对路远说："还不快给我们介绍一下。"

路远放开路永明的手，然后开始介绍任帅和贝丽："这是贝丽，这是任帅，美国奥特投资公司的代表。"然后指指宋小朵，继续说道："这是宋小朵，是我们这个项目的牵线人，您见过的。"

路永明热情地和两人握手道："欢迎你们来仙峪村参观投资，我是路永明，在北京市农业局工作，希望这次能和你们愉快合作。”陆永明说完又转身面对宋小朵，面带微笑，彬彬有礼和宋小朵握手，说道：“辛苦你了！”

“叔叔客气了。”宋小朵调皮地笑了。

冯媛一直微笑着站在一侧，路永明看看宋小朵，又看看冯媛，顿了下，然后对路远说：“还是你来介绍媛媛吧。”言下之意十分明显了。

路远岂会不知道父亲的意思，无非就想他在宋小朵面前介绍冯媛不止是他同事，还是他的女朋友，路远显得十分无奈，他用英语介绍道：“这位是冯媛，跟我是同事。”

冯媛落落大方地和大家打了个招呼，但眼神却不由自主地追随着路远。

这是宋小朵第一次见到冯媛，也是第一次见到她和路远站在一起，两人竟是如此登对，而且能看出来，路远的父亲很喜欢冯媛。

冯媛走到宋小朵面前，微笑着大方得体地伸出手说：“我听路远说起过你。我们村这些项目，真的谢谢你了。”

没有预料到冯媛会对她说这些，宋小朵没有任何的准备，只好窘迫地伸出手，应道：“应该的，应该的……”

“以后还请您多多指教。”冯媛表现得十分得体大方。

宋小朵不知道该如何回答，只好笑笑，应道：“不敢，我们互相学习，共同进步。”

一行人边走边参观，来到仙峪村里的一处平台，站在一览无余的平台上，路远向大家介绍起仙峪村的全景：“从这儿看去，就能看到我们村庄的全部景色，前面是村庄街道，中间是乡间小路和旧民居，后面是干果园，不远处的古建筑就是古长城了。”

任帅和贝丽凝望着远处，看着仙峪村全景，两人赞叹地点点头。

从高处平台下来，经过村庄街道时，路远和村民们融洽地打招呼。在经过两年的磨炼后，路远早已没有了第一年刚来仙峪村时的抵触和棱角了。他发现其实村民都是纯朴的人，他开始尽心尽力帮村民处理生活中的琐事，村民更会以热情和理解回报他，这就是人与人之间的相处之道。

“路助理，吃饭了吗？”方大魁问道。

“还没呢，这不等你家饭菜煮好再过去吗。”路远开玩笑道。

“好好，等会儿我一定去叫你。”方大魁也笑了。

穿过街道后，一行人来到乡间小路上，路两边种了两排绿茵茵的大树，给人一种安静幽静的感觉，路远介绍道：“这条小路是每天傍晚村民们散步时都会经过的地方，这儿的空气好，让人感觉很舒服。”

穿过乡间小路，来到村里的一处旧民居，路远带领一行人参观介绍道："这民居算起来也有二百多年历史了，有古时候的气息，让人感觉就像是回到了古代，就像如今电视剧经常演的，穿越了。"路远幽默地介绍着，惹得众人不禁大笑。

参观仙峪村的过程中，任帅和贝丽表情更是充满了满意和轻松。

终于，一行人来到种植干果的果园里。

任帅和贝丽落在路远等人后面，小声交谈着。

路远听不清楚他们在说什么，只是紧张地忍不住回头张望。

路永明注意到路远紧张的状态，会心一笑，看样子路远是成长起来了。

任帅快步上前，向大家说道："我们商量了，根据刚才的考察结果来看，基本确定可以在这里进行旅游项目开发和干果深加工，回去之后，我们会如实向总公司汇报这次考察情况。"

听到这话，路远终于松了一大口气，连忙谢道："谢谢，谢谢。"

路远看了看腕上的表，说道："快中午了，要不咱们先去吃饭？"

任帅和贝丽简单交流后对路远说："我们的意思，是再考察一个项目。不知道方不方便？"

路远听闻赶紧地应道："方便，非常方便！那不如我们边吃边聊吧。"

今天路远的表现，路永明很满意，让他提着的心终于放下了。路永明满意地向大家告辞道："各位抱歉了，你们继续考察，我有一个重要会议，得往回赶了。"

冯媛见状，低声对路远说："快去送叔叔上车。"

路远摇摇头说："忙着呢。"

"这边有我，叔叔也和咱们项目有关，他不帮忙能成啊？"冯媛小声说道。

路远一脸的不情愿，冯媛看着他，用眼神逼着他，示意他赶紧追上去。

宋小朵把他们之间的互动看在眼里，一时有些失落。他们之间好默契，就像小夫妻般，一个眼神一个动作都能体会到。

在冯媛的威逼下，路远妥协地跑过来追上路永明，终于在乡间小路见到了他，他连忙喊道："爸。"

路永明听到喊声，转身看到路远朝这边疾步跑来，不禁皱眉问道："你来干什么？不去陪客户？"

路远嗫嚅道："我……我送送您。"

路永明狐疑地看着他。对上父亲狐疑的眼神，路远连忙摆手示意道：“真的，没别的意思。”

路永明站直身子，严肃地说道：“别老想着离开这里，你费劲做招商引资，是不是想用作回城的跳板？”

听到父亲的话，路远有些激动，急忙地要解释：“爸！我……”知道父亲又误解了他，路远想要解释，但是却被无情地打断。

路永明正色制止道：“我知道，明年你的服务期就满了，我的意思，是希望你留在这儿，扎下根来。”

路远一愣，欲言又止。

见路远没有说话，路永明继续说道：“还有，入党的事，得抓紧办了。”

路远勉强地点头，表示知道了。

“都多大的人了？做事得掌握好分寸，那个宋小朵……”

一听到父亲说到宋小朵，路远脸色骤变，一言不发地转身大踏步往回走。

路永明见状，生气地大步跟上去。

路永明紧紧跟随着，却始终跟不上路远的脚步，终于忍不住爆发，怒吼道：“路远，你给我站住！”

路远听到父亲的命令后不情愿地站住。

路永明大步向前，直直地注视着他，语气里透着无奈，说道：“路远，你到底想干什么？”

路远强忍着不满，沉声说道：“爸，我什么都听您的，从小到大，反抗过您吗？读什么中学您说了算，报什么大学什么专业也是您说了算。毕业了，您一句话把我打发到这个村子，我没说什么吧？我该谈恋爱了，您说冯媛不错，让我跟她谈，我也听您的。可是……爸，我除了是您儿子，还是个人，是人就有自己的想法！”

听到路远的话，路永明心里恼怒无比，他大声打断路远的话：“路远！”

路远没有理会路永明的话，继续说出自己的潜藏在心底已久的想法：“爸，您让我说说话行吗？从小到大，您问过我的想法吗？知道我想干什么吗？我不想当这该死的村官，还有冯媛……不说她了。不是村官不好，是……是我不情愿，也不合适。您知道合适这个词有多重要吗？”

从小，他的命运就是被安排好的，该读怎样的学校，该做怎样的工作，该谈怎样的女朋友，或许以后结婚生子，都有已经规划好的轨迹。

路永明瞪了路远一眼，转身准备回到车里。可怜天下父母心，在父母的心中，都已经替子女们做好了一生的规划。

路远一把拽住路永明，眼眶红红地笑着，唇角扯过一抹苦涩的笑意，继续说道：“爸，您别急着走，您一直说自己是个共产党员，是个领导干部，应该一心扑在工作上，可您是个好父亲和好丈夫吗？我妈去世前，躺医院里念叨您，您那会儿在哪儿？我上学的时候开家长会，您参加过几次？我上中学那会儿，每次回家都见不到您人影，我逼着自己学会了做饭，学会了洗衣服，每天晚上得开灯睡觉，因为都是一个人在家，这些您知道吗？”

路远将成长过程中多少的苦与泪，今天一次性全部说出来了，小时候，他多渴望一家人能多点儿时间在一起，就算什么都不做，只是静静地在家里，那都是幸福的。可是，这是不可能实现的愿望，因为他的父亲是共产党员，是领导干部，一心扑在工作上，就连当初妈妈病危在医院，父亲依旧还是在自己的工作岗位上。从小他被逼着学会独立，学会照顾自己。可是没有人知道，他心里有多苦。

听到路远的心声，路永明怔住了。他从来不知道，原来路远心中有这么多的埋怨和不甘，从小积压在心里。路远说得对，他是个好党员、好干部，可他不是个好丈夫、好父亲。

冯媛远远地走来，看见目前情形，也知道他们父子在谈话，知趣地不再上前。

路远仿佛沉入过去的苦涩里，径自笑着，却无比悲伤，继续说道：“您下过乡插过队，喜欢从群众中来到群众中去，可为什么我就必须当村官？您不能承包我的人生啊！不光人生，连我的思想您都给承包了，就像入党这事儿，每次见面都要唠叨几句，可您觉得我入党合适吗？就我这怂样子，配得上党员那个身份吗？”

路永明直直地注视着路远，一言不发地看着他，若有所思。直到他看见冯媛，千言万语化作轻叹一声，只说了一句：“小远，有一天，你总会长大的。”说完，便转身大步离开了。

路远看到父亲离去的背影，暗忖自己是不是把话说得太严重了，伤了父亲的心，轻抿了下嘴唇，转身看见不远处的冯媛。目送父亲的车子渐渐地远去，路远和冯媛沉默地往回走，冯媛乖巧地不说话，默默地跟随着路远。

路远心情平复一些后，忍不住问道：“贝丽他们怎么样了？”

冯媛看到路远的心情平复一些，心里也松了口气，回道：“虹鳟鱼养殖场已经看过了。现在村长、书记正陪他们吃饭呢，然后再去考察交通情况，最后再去看古长城。”说着，顿了下，故意压低了声音，贴近路远一点儿，低声说道：“对你不放心，我专门请了假来看你。”然后俏皮地朝他眨眨眼。

谁知道，路远非但没有感谢她，反而埋怨地说道：“你就不该离开他们。”

冯媛倒也没生气，只是柔声道：“我不就是担心你跟叔叔吗。”

路远叹了口气说道：“放心吧，我们只是在嘴上干了一架！”

“又吵架？你怎么能……”冯媛诧异不已，语气尽是责怪。

路远有些不耐烦地打断冯媛的话：“怎么不能？”

看到路远这般无所谓的态度，冯媛有些急了，埋怨地说道：“你……你知道叔叔多重要吗？没有叔叔的帮助，咱俩一辈子别想调到满意的单位。你太没轻重了！”

听出了冯媛的弦外之音，路远突然停下脚步，微皱眉头，沉声问道：“你就那么想进一个满意的单位？”

冯媛愣住了，如实地回答道：“要不然，那你来当这个村官干什么？大好的青春时光，付出了总得有所回报吧？”

路远不屑地冷哼了一声，反问道：“那我就得对老爷子言听计从，努力演好一个乖儿子？我演了一辈子了，你想过我的感受吗？”

冯媛一脸严肃地看着路远，纠正他的想法，道：“路远，对前途来说，个人感受算什么？”

听到冯媛的话，路远哑口无言。他冷冷地看着冯媛，像是看见了冯媛的心。这两颗心永远隔着距离，因为两个人的人生观完全不一样。

冯媛露出一抹前所未有的冷冰冰的神情，寒声说道：“你知道多少人想得到一个北京户口吗？你知道多少人想得到一个铁饭碗吗？你知道对我这种人来说，没有叔叔的关系，想在北京扎根有多难吗？你难道愿意在这个穷山村待一辈子吗？”

路远生气地质问道：“你跟我在一起，就是为了你的个人前途？就是为了调回城里？”

冯媛没有生气，近乎冷酷地说道：“你竟然说出这样的话，太让我失望了。”说完，没有理会路远，径自大步离开了。

两人谈得各自心情都不好，闷闷不乐地一前一后地走着，谁也没搭理谁。

走了没多远，便看到村委会杨会计骑着电瓶车迎面过来。

冯媛刚要开口打招呼，杨会计将车拦在路远面前，冷冷地看着他。

路远看到杨会计的举动，不禁皱起了眉头，沉声说道：“麻烦让一下。”他知道杨会计一直以来都看他不顺眼，这会儿拦着他的道，不是来一番冷嘲热讽就是故意想找茬儿了。他没心情去跟杨会计抬杠，宋小朵和美国投资方那边也不知道怎样了，他还得过去看看呢。

杨会计看了他一眼，说道：“路远，有点事儿想和你聊聊，和你这个项目有关。”

路远狐疑地问道：“现在？”

杨会计不容置疑地点头。

“改天吧，今天我还有事，美国投资方那边我得过去看看。”路远推脱着，他总觉得杨会计有些不怀好意。

“今天一定要谈。”杨会计坚决地说道。

无奈，路远看了下腕上的表，叹道：“那好吧，去哪儿谈？我还有事呢。”

“去办公室吧。”杨会计说道。

路远点点头，转头对冯媛说道：“这边没什么事了，你看看去陪下客户，还是先回家吧？”

冯媛说道：“我先去客户那边，你忙完就过来找我们。”

路远点点头，转向杨会计，说道：“走吧，杨会计。”

2

路远和杨会计来到村委会办公室，两人一前一后进屋。

一进到屋里，路远并没有坐下，而是抵靠着办公桌，催促地说道：“杨会计，我还急着陪客户呢，有话快说。”

杨会计阴森地笑笑，应道：“不急，里面凉快。”说完，突然转身出门把门关上了。

路远看到杨会计突然走了出去，疑惑地过来开门，他用力地拉，但是却打不开，他感觉到应该是门被杨会计给反锁了，更着急地用力拉门。

“开门，杨会计。”路远用力地拍门，他知道杨会计就在外面。

杨会计站在门口，冷哼一声道：“小子，当着外国人的面，我没捣乱，是给你，也给咱们村留点儿面子。你就别想着出来显摆了，在里面好好反思吧。”

听到杨会计的话，路远有些不解，难道他是误会了什么吗？

“杨会计，你什么意思？”路远一边问着一边激烈地拍门。

杨会计没有理会路远的愤怒，继续表达自己的不满和怒气，说道：“你们想又征房又征地的，让人不踏实。别提什么原生态旅游，不开发不改变不破坏才叫原生态。”

就知道杨会计误会了，路远急忙解释道：“不是征用，是承包。”

谁知道杨会计完全听不进他的解释，反而咒骂道：“狡辩，接着狡辩！你带人来村里参观，根本就是不怀好意，我已经把你的行为向上级举报了，等着受处分吧！”说完，不管路远激烈地拍打门窗，便离开了，边走边说道："不信治不了你！"

路远听到杨会计走远的脚步声，知道自己无论如何用力拍打门都没用的了，索性省些力气，他走到沙发椅上坐下，恨恼不已，没想到杨会计竟会用这招来对付他。路远掏出手机想要给冯媛打电话，犹豫片刻又放了回去。

路远环顾了四周，要想办法出去才行，他搬过桌椅，叠放着，确认叠放好之后，路远踩在椅子上，费力地推开窗户，手抓稳窗户的两侧边缘，爬了上去。

路远逃出了办公室后，快步朝着村委大门走去，谁知村委的大门也被杨会计反锁了，他四下瞧瞧，搬上杂物堆在墙下。就在路远灰头土脸地跳出来，还来不及为自己的机智鼓掌，一抬头，便愣住了。

杨会计和几个村民围住路远，开始你一言我一语地质问着。

"行啊，我早料到你不是善主，专门在这儿候着呢！"杨会计眯起双眼，阴森地笑道。

路远没想到大伙儿竟都在这儿候着他，顿时哭丧着脸，无奈地喊了一句："杨会计……"

杨会计完全不理会他，继续说道："甭看我，跟大伙说道说道，你到底咋想的？"

还没等路远开口，乡亲们便开始你一言我一语地质问起来了。

路远耐着性子，一一给大家解答疑问，路远心里明白，要是不给他们解释清楚，这个项目肯定是进行不下去的。

王婶率先质问道：“路助理，你领着老外考察这儿考察那儿的，还考察我家，整啥幺蛾子呢？”

路远急忙解释道：“是要给村里做旅游开发项目和干果深加工项目。”

刘哥质问道：“我听杨会计说，村里要征地，还得征房？”

路远急忙解释：“不是，是承包。”

听到这儿，村民们群情激奋。大家都指着路远的鼻子抗议着，这阵仗，就好比两军对垒，而路远的阵营就只剩下他一个主帅了。

王婶吼道：“想征我的房，没门儿，我家祖传的老房子，你说征用就征用？”

“我们反对旅游开发。”刘哥举起手抗议，“让老外赶紧走！看着碍眼！”

路远看到村民们激愤不已的态度，连忙抬起手，喊道：“大伙静一静，听我说。”

路远见到村民们都冷静了下来，一脸严肃的表情，动情地说道："叔叔婶婶，大哥大姐们，我承认这个项目是我一手促成的，可我真的是为村里好。大伙儿看看自家多出来没人住的旧房，没裂缝的有几间？都成危房了，还能坚持多久？"

"这是大伙儿的事儿，用不着你瞎操心。"杨会计突然插上话去。

路远反驳道："可咱们村太穷了，除了这些破房子和干果，还有什么资源？国外资金进来后，咱们村变成旅游度假胜地，咱们干果销到国外，大家都能有事儿干，不好吗？我路远郑重承诺，绝不危害咱村利益，大伙的房子一旦被承包，就能得到高额承包费。"

路远说的规划让村民们纷纷有些心动，大家你看我我看你的，许久，李婶才半信半疑地问了一句："真的？"

路远郑重地点头："我路远说到做到，决不食言。"

听到路远的保证，再想想路远这一年来尽职尽责的表现，大伙儿才放了心，刘哥打趣道："行啊你，啥时候学会做好事，不当闲人路助理了？"

听到村民们的打趣，路远有些尴尬地嘿嘿笑了，有些羞涩，有些欣慰。

杨会计见状，神情尴尬起来。路远看到杨会计尴尬的神情，严肃地说道："杨会计，你放心，我一定不会让大伙吃亏，不危害村庄的利益，请您相信我。”

杨会计看着路远许久，才缓缓伸出手说：“刚才的事，很抱歉，请你谅解，我也是害怕危害到咱村的利益。”

路远笑笑，同样伸出手握住他的手说：“一家人不说两家话。”

两人相视一笑，心里都清楚。

“我还得去陪客户，我先走了。”路远和村民们打声招呼，便急匆匆地离去。

仙峪村的古长城上，宋小朵正陪同一行人参观着。

路远匆匆跑来，歉意地跟他们招呼：“实在不好意思，刚才有点儿事给耽搁着了，非常抱歉。”

“没关系，我们都可以理解。”任帅回道。

这时路远口袋里边的手机响起。

“不好意思，接个电话。”路远边说边走到旁边。

路远接了个电话，表情略显僵硬，只听见他连忙解释道：“放心，我今天一定赶过去，一定把情况说清楚！”

路远挂了电话，蹙了下眉头，仍然强笑着陪客户参观古长城。

宋小朵和冯媛见路远在跟投资方交谈着，两人也就慢慢和大家拉开距离，独自在一旁聊了起来。

宋小朵转眸看了下冯媛，见她满脸忧愁，有些闷闷不乐的，犹豫地问道：“冯媛姐，路远惹你生气了？”

冯媛略一思索后摇摇头，没有回答。

宋小朵见状，不知所措地笑笑。

两人就这样缓步走在最后面。

许久，冯媛突然说：“你可能不知道，我最羡慕的人是你。”

听到冯媛突如其来的话，宋小朵微微一怔，有些不明所以，问道：“啊？”刚才冯媛说最羡慕的人是她？她没听错吧？

冯媛看了一眼小朵，不禁苦笑道：“哥伦比亚大学研究生，很容易拿到绿卡。你得到的一切，都是让人梦寐以求的。”

宋小朵听到冯媛的话，摇摇头，回道：“其实国外没我们想象中的那么好。”人是一种很奇怪的动物，总觉得别人的就是最好的，你羡慕我，我羡慕你，但是谁都不知道，其实自己现在拥有的就是最好的。她能理解冯媛的心情，因为她曾经也这么觉得过，国外的一切都是好的，很多是国内比不上的，但是当她真正去了国外，在国外生活过，她才发现，其实并不是这样。一开始她也觉得很好，后来才发现，那只是因为新鲜，时间久了，她越来越想念国内的一切，想念国内的那个人。

冯媛静静地看着宋小朵，眼神里充满了羡慕，说道：“可是你能活得很骄傲，能得到自己想要的生活。我都想的到你的未来：体面的工作，体面的家庭，体面的收入……不像我，就算是当满三年的村官，付出人生中最大的牺牲，今后的路，仍是一片渺茫……”

冯媛想要的是更好的生活，更体面的工作和收入，而不是窝在仙峪村里做一个小村官，她想飞出这个鸟笼。

宋小朵默默听着冯媛的话，有些不认可她的观念，劝道：“生活，不能这样被量化吧？”

冯媛勾起嘴角，低声说道：“在我看来，一切都能量化。”

是的，冯媛的人生里，在她的观念里，一切都是能量化的，包括感情、婚姻、工作，都是能被量化的。世界上的东西都是对等的，就好像这是一个等量公式，可以等量兑换。

宋小朵听到冯媛的回答，一时间感觉无言以对。冯媛的人生观和她的是完全不一样的，冯媛的这些话让她不知道该如何作答。

冯媛知道宋小朵的尴尬和无言，只是笑笑，突然转移话题说道：“你知道吗？路远他对人生没明确规划，甚至入党这种事都拖了两年多。你说他连入党都不愿意，怎么能在政坛上发展？他刚刚还和他爸闹翻了，你说是不是像个孩子？”

“或者他有自己的想法呢？”宋小朵轻声说道。

“自己的想法？”冯媛不屑地冷哼一声，继续说道：“所以我说他像个孩子，这个年代，有自己的想法又如何？多少人是能够按照自己的想法去生活。他可以依靠他父亲的关系，可以在政坛上有更好的发展，可是他偏不！难道他就想一辈子窝在这个小村庄做个小村官吗？”

宋小朵抿了抿唇，笑笑，不再说话。

冯媛平顺下自己的气息，有些自言自语地低喃道：“有些人，终究长不大，和年龄没关系。”

古长城上空气清新怡人，十分舒适。

一行人也都相谈甚欢，气氛融洽。

冯媛不时悄悄瞥一眼落在不远处的路远和小朵，像是在防备什么。

“每次回国，我都得重新适应，很多新东西以前听都没听过。路远，咱得适应节奏，跟上变化吧。”宋小朵不禁感叹起来。

路远有些不明白，疑惑地问道：“怎么讲？”

宋小朵想了下，眸光一转，接着话题继续说道：“咱就说入党这事，因为你抵触某个人，就把本来挺好的一件事一起排斥了。真是倒洗澡水将婴儿一起倒掉啊你！”

路远无奈地笑笑，说道：“我不想把入党和前途联系起来，我觉得那就像个笑话。”

宋小朵挑了挑眉问：“谁说这一定和前途有关？”

路远反问道：“无关吗？”

“对别人来说有关，你只要遵从本心，认真地去做自己乐意做的事不就行了？”

宋小朵的话让路远若有所思，路远微微点了点头，沉默不语。

宋小朵看到路远的样子，调皮地看着路远问：“之前是钻牛角尖了吧？还是犀牛角的。”

路远和小朵相视一笑，这一幕，恰巧被冯媛捕捉到。

冯媛回头看看路远和小朵，表情有了微妙变化。宋小朵和路远之间的关系肯定不只是朋友那么简单，冯媛暗暗在心里说道。

3

一行人考察完毕，准备回奥林匹克公园附近的酒店。

临走时，冯媛热情地拉住宋小朵的手说：“这次真的谢谢你了。对了，我和路远很快要结婚了，到时候希望你来参加我们的婚礼。”

宋小朵一愣，微笑着看向路远。路远也一愣，扭头看向冯媛。冯媛则朝路远温柔地微笑着。

“恭喜你们了，婚礼的话，我可能来不了，美国那边还有很多事情要处理呢。”宋小朵露出牵强的笑说道。

“那就太可惜了。”冯媛露出遗憾的表情。

任帅和贝丽已经上了车，任帅探出头来喊道：“小朵，上车了，再不回去天黑了，路比较难走的。”

“好，我马上来。”宋小朵答道，然后转头看了下冯媛和路远，说道：“我得走了，项目的事，我们再对接了。”

“好的，慢点啊。”冯媛客气地应道。

宋小朵看了一眼路远，路远也接触到她的眼神，便说道：“你先上车，我跟冯媛说两句话，就过去。”

宋小朵上车后，路远才回过头看着冯媛，冷声质问道：“你为什么跟小朵说这个？”

“我说错了吗？我们本来就是快要结婚了，为何不能告诉她？我只是邀请她来参加我们的婚礼而已，有什么不对的吗？”冯媛反驳道。

“我们根本就没有到谈婚论嫁的地步，你这样说出去，人家会怎么想？”

“路远，我才是你女朋友，她算什么！”冯媛板着一张脸质问道。

看到冯媛咄咄逼人的样子，路远感觉到心累不已，也懒得跟她吵，说道：“我懒得跟你说。”说完，路远没有理会气愤不已的冯媛，跨步上车，只留下冯媛看着车子扬长而去，逐渐消失在日落之中。

车上，路远和宋小朵都心事重重，一言不发，贝丽和任帅则在欣赏着盘山公路上的美景。

车内显得很安静，贝丽终于打破了这份不正常的安静，说道：“我觉得我们都不说话有点儿太安静了。”

“那你想说什么？”任帅问道。

“除了工作上的事，其他都可以说啊。我们也要有私人的放松时间，是吧。”

“贝丽，小心回去美国告你的状哦。”任帅挖苦道。

气氛算是让贝丽和任帅活跃了一些，但是宋小朵和路远只是附和地笑笑，两人都各怀心事，没有说话。

终于，车子到达酒店的大堂门口，路远热情地与他们告别，宋小朵则失神地对他笑笑，转身走向电梯。

路远看着他们走向电梯，自己便转身要上车。

这时宋小朵突然又转身追过来。

“路远。”

宋小朵的呼唤声让路远定住了脚步，他疑惑转身，不解地问道：“怎么了？”

“我还想问你怎么了。一路上闷闷不乐的？”宋小朵问道。

路远摇摇头，并未作答。

“因为项目吗？”宋小朵小心翼翼地猜测道。

“没有。我的私事，你别管了。”路远再次摇摇头。

宋小朵站直身子，定睛看着路远，说道：“你别客气，要有什么事儿……”

话还未说完，就被路远打断了，路远烦躁地抓了抓头发，说道：“我都说没事了。”

第一次看到路远生气的模样，宋小朵有些不知所措，她连忙解释道：“不是……我……”

路远再次打断小朵的话：“你们不是还有商务活动吗？我先走了。”他没有理会宋小朵的反应，开着车疾驰而去。

宋小朵有些气恼，路远肯定是有什么烦心的事，看他的样子，应该不是和冯媛的事，而是更加重要的事情。

宋小朵顿了下，更重要的事情，难道真的和项目有关系?宋小朵思考着，当下走出酒店，拦了部出租车，示意司机跟上路远的车子。

路远的车停在了一个建筑工地的门口，路远在门口焦虑不安地等待着，来回踱步，像是在等什么重要的大人物。

忽然，电话铃声响起。路远拿起手机一看是冯媛来电，正犹豫是否接听，抬头看见一位领导模样的人和几个随行人员下车走来。

路远急忙挂断电话，迎上前去，恭恭敬敬地和张局长打了个招呼："张局长，请您留步。"

张局长不由得慢下脚步聆听。

工地施工嘈杂环境声中，张局长突然变了脸色，径直撇下路远进入工地。

路远还未反应过来，傻傻地愣在原地。直到张局长一行人走远。路远猛地反应过来，冲进工地。

还未进工地，路远就被保安阻拦了。

"放开我，你先放开我，我真的有急事要跟张局长汇报，请你让我进去。"路远低声哀求道。

“小伙子，不是我不通人情，而是我也有我的工作条规啊。”保安如实说道。

路远自然心知保安的职责，但是这件事十分重要，他必须当面见到张局长和他详谈。

路远用力冲破保安的阻拦，然后小跑跟上，情绪激动地向张局长解释道：“张局长，我们仙峪村那个项目太重要了，我们真不是故意的，我不太懂这方面的流程！不过您放心，我们绝对不会有违规行为。”

张局长皱眉打量着路远，用充满威严的眼神望着他，问道：“你就是专门为仙峪村这个项目来的？”

路远点头。

张局长听到这儿，露出十分严肃的表情，严厉地回道：“那我就实话告诉你，我们已经收到群众举报，说你们村这个旅游项目开发的流程有问题。你们必须停止项目的一切活动，先接受相关部门的审查。”

一听到张局长说要他们停止项目的一切活动，路远急了，连忙解释道：“局长，您听我解释！我们村绿水青山，可始终得不到开发，村民们守着金饭碗要饭吃，所以我才想办法引进投资……”

话还没说完，保安上前截住路远，不让他再靠近张局长。

路远心急地大声喊着，希望张局长能听得见，然后回心转意给他们一个发展的机会，“只要投资落实，村民们不但能改善居住环境，还能从事旅游相关行业，收入也会大幅度增加。张局长……”

然而，路远的愿望落空，张局长一行人完全没有理会他的呐喊，径自远去。

路远无力地垂下头，不知道如何是好。

保安粗暴地把一个安全帽扣在路远头上，说：“不要命了，进工地不戴安全帽！”随后把他拉出了大门。

出了建筑工地的大门，路远并没有就此回去，倔强的他坚持一定要争取到这个项目的操作权。

路远疲惫地蹲在路边，双臂抱胸，焦虑地转头看看大门方向。

保安走过来，把一个盒饭放在他面前。

路远抬眼望去，看到保安安慰的眼神，说了一句：“谢谢。”

“吃点儿吧。”保安怕路远误会，连忙摆手解释道，“别误会，俺不是同情你，只是知道你在替村里做好事，俺们村要是有你这样的干部，俺就不用出来打工了！”保安说完摇摇头，往门岗走去。

看着保安无奈的背影，路远只能看着他，心想自己一定不能让仙峪村的村民也这样，一定要带领他们走上致富自强的道路。

正想着，眼前一束灯光射来，路远眯眼观察。一辆出租车驶来停下，缓缓地。

见到宋小朵出现在眼前，路远简直不敢相信自己的眼睛，还以为自己出现了幻觉。

路远惊讶地站起来。

看到路远憔悴狼狈的模样，宋小朵有些心疼，知道他必定很想知道她怎么会来这边，于是解释道："刚才我就觉得你一定有事在瞒着我，于是就打了辆车跟着你过来的，可是越想越觉得不对劲儿，就给冯媛打了个电话。"

路远听到小朵的话，着急地反问道："你都知道了？"

宋小朵没有回答他的话，看看地上的盒饭，转移话题问道："还没吃饭？"

路远失落地说："吃过了。"

宋小朵直盯住路远，路远对上小朵的眼神，敌不过她，才认真道："不饿呢。"

"不用这么拼吧？"宋小朵嘟着嘴问。

面对宋小朵的挖苦，路远露出一抹苦笑，应道："我怕万一出个意外，那么多村民的希望就破灭了。"

宋小朵瞬间觉得好笑，半带埋怨地说道："你还说不想当村官。"

路远憨憨一笑，随即眼前一亮。

张局长一行人从工地走了出来。

路远没有丝毫犹豫，急忙地迎上去，宋小朵也知道眼前的是谁，急忙跟在路远身后。

张局长一行人走了出来，露出惊讶的表情。

路远没有发现他们惊讶的神情，一心系在仙峪村的项目上，只想不能让这个项目进行不下去。路远诚恳万分地说道："张局长，不好意思，还得麻烦您了。"

张局长走近路远，态度友好地问："你一直在这里等我？"

路远点了点头。

张局长有些意外，路远让他见到了不一样的年轻人，肯吃苦，有恒心，有耐力，张局长在心中赞赏着。

当然路远没有发现张局长对他的刮目相看，径自真诚表明自己的心意和对仙峪村未来的发展憧憬和信心，说道："张局长，这个项目真不能中断，我们好不容易让美国合作方来村里进行考察，我们村、我们乡就指着它脱贫翻身呢。项目评估流程是有问题，我们会尽快解决，保证以最快的速度拿出一个绝对达标的方案……”

张局长认真听完路远的汇报后，沉思一会儿说道：“原则上讲，必须先接受审查，然后再展开其他活动。不过这个项目比较特殊，我也明白保护生态不是回归到原始状态，需要进行有保护的开发。这样吧，你们村边洽谈项目边解决流程问题，最重要的是做好村民的思想工作，不能强行占用村民房屋。”

听到张局长的话，路远瞬间激动万分，连声道谢：“谢谢，谢谢张局长。”

宋小朵看着路远，脸上满是敬佩。

“我一定不让您为难，尽快做好绝对达标的方案让您过目。”路远承诺道。

张局长拍拍路远的肩膀说：“小伙子，加油啊！”

听到张局长鼓励的话，路远更加信心十足，心情大好。

回去的路上，坐在副驾驶上的宋小朵不时扭头看他。

路远感觉到了，也瞥她一眼，笑了，问道：“怎么了？为什么一直看着我？”

宋小朵想了想，说道：“今天的你，和以前不一样。”

路远心情舒畅地忍不住玩笑道："变帅了？"

"有了那么一小点点成熟魅力吧。"宋小朵用手比了一个小小的手势。

路远看见宋小朵可爱俏皮的模样，咧嘴笑笑，没有说话。

宋小朵犹豫片刻，说道："不给冯媛打电话汇报一下？"

路远被宋小朵这么一提醒，才想起来说："对，我都忘了。"路远将车开出车流如梭的马路，停在路边。

宋小朵跳下车活动活动筋骨，她双臂抱肩，一阵夜风吹来，在炎热的夏天不禁让人备感舒适。她回头看了一眼路远，他正在兴奋不已地向冯媛说着他成功说服张局长的事，宋小朵笑笑，显得有些落寞。

渐渐地，她的表情里有了萧瑟感。

是啊，他和冯媛才是一对，而且都已经谈及婚嫁了，冯媛不是说了吗？他们快结婚了，路远也已经默认了。

那我还在等什么呢？她自嘲地笑笑，微垂下头，朝前走着，夜风吹来，乱了她的发，也拂乱了她的心。

"嘿，走得那么快干吗？"路远讲完电话追了上来。

宋小朵笑笑说："这么快和冯媛通完电话啦？"

"嗯嗯，跟她说了，也让她放心。"路远没有发现宋小朵的落寞，与宋小朵并肩走着。

“你应该也还没吃饭吧？”路远突然问道。

宋小朵挑了挑眉，斜睨了他一眼，问道：“怎么？想请我吃饭啊？”

“那肯定要了，想吃什么尽管说，我请客！”路远豪气地说道。

宋小朵想了想说：“除了牛肉面，其他都行。”说完，还不忘抛给路远一记俏皮的眼神。

路远想起了去年她钱包丢了，他们两个去吃牛肉面的事情，充满回忆：“敢情你还嫌弃呢。”

宋小朵笑而不语，给他一个“你懂的”眼神。

“走，我带你去吃好吃的，算是弥补上次的待客不周。”路远笑道。

宋小朵也不客气地点头。路远带着小朵开车来到一间老北京火锅店，两人吃起了老北京铜锅涮肉。

“怎样？这次该不会嫌弃了吧？”路远边吃边问道。

“勉强算你过关了。”宋小朵吃得停不下来。

“你明天就要回去了吗？”路远开口问道。

宋小朵点点头说：“美国投资方那边考察得也差不多了，贝丽说明天就计划回去跟总公司那边汇报，我也得跟着回去，也方便跟踪这个项目的进展。”顿了下，宋小朵睨了一眼路远，调侃道：“怎么，是舍不得我吗？”

路远笑笑，没有回答。

看到路远的反应，宋小朵心里有些失落，她白问了，他怎会舍不得她？随后扬起笑脸转移话题问：“你和冯媛的婚事准备得怎样了？计划什么时候举办婚礼？”

路远怔了下，随即恢复过来，说道：“不知道呢。”

“不知道？几个意思？”

路远笑笑，反问道：“你说呢？”

“我可猜不出来，你啊，越来越高深莫测了。”宋小朵嘟起嘴说道。

路远挑了挑眉，有些不解地问：“我高深莫测？你这是褒义还是贬义啊？”

“你说呢？”宋小朵也学着路远那一套，说完，两人都禁不住笑了起来。

宋小朵大笑抬眸间，一道人影落入她的眼里，她惊愕不已，直直地看着那抹高大的身影。

路远发现她的不对劲儿，顺着她的视线转头望去，同样地，路远也露出惊愕的表情。

“余帆？”路远不确定地唤道。

“路远？”男人同样看到了他，有些惊喜，转眸望向宋小朵，有些难以置信地喊道：“小朵？”

路远站起身，拍拍余帆的肩膀，说道：“你小子，好久不见了啊。”

余帆坐下来后，宋小朵还在直直地看着他，还没从惊愕中回过神来。

“是啊，好久没见了。”余帆答道，又转眸望向小朵问：“小朵好久不见了，你最近怎么样？”

宋小朵露出一抹淡笑说：“我挺好的，你呢？”

“我也是。”

两人简单地问候两句后，就没话聊了，气氛显得有些尴尬。路远来回看了下两人，也感觉到这尴尬的气氛，清清喉咙，开口打破尴尬说：“余帆，你现在在哪儿发展呢？”

“我在北京啊，你呢？之前听当年的志愿者说，你做了一名村官，是真的吗？”

路远有些不好意思，应道：“是啊，在京郊的仙峪村，做村委会主任助理。”

余帆轻捶下路远的肩膀说：“不错吗，为人民服务啊，说得我都要敬佩起你来了。”

“就你小子会拿我打趣。”路远白了他一眼。

余帆的目光落在宋小朵身上，问道：“小朵，你现在在哪儿发展呢？”

宋小朵说：“我在美国，在一家投资公司。”

“也不错啊，估计咱们中发展最好的就是你了吧。”

宋小朵笑笑说：“国外其实也没想象中那么好。”

“哎，加个微信呗，以后方便联系。”路远拿出手机向余帆说道。

“可以啊，现在微信都成了离不开的通讯软件了。”余帆也拿出手机扫了路远的二维码，添加成功后，看向宋小朵说：“也加一个呗。”说着，晃晃手中的手机。

三人互加微信留了联系方式后，又加了些菜，一起聚餐。

吃完晚饭，余帆便先离开了，只剩下路远和宋小朵两个人，宋小朵不想坐车回酒店，两人就当散步似的，漫步走回去。

“你和余帆，是发生了什么吗？”路远禁不住好奇地问道。

宋小朵黯然，没有回答，许久，只是淡淡地应了一句道：“也没什么。”

“我就觉得刚才的气氛有些怪怪的。”路远尴尬地说道。

宋小朵笑笑说：“可能是太久没见的原因吧。”

路远没有回答，只是静静地走着，直到把宋小朵送回酒店。

两人的这次见面，仿佛更加确定了两人只能是朋友亦或合作伙伴了。人生有时候就这样无厘头，两个将心暗许的年轻人，因为一句话一件事就这样错过了。而错过了，可能就是一辈子。

第四年，第四天

1

一间休闲会所的大门紧闭着，门上贴着一对红色双喜字。

下面是一张公告：老板今日大婚，暂停营业一天。

会所的化妆间里边，路远穿着正装，站在镜子前端详自己，另一边，余帆穿着婚礼正装，微笑着走向路远。

路远从镜子的映照中看见余帆走了过来，转身看向余帆，打趣道："哟，新郎官，恭喜恭喜啊，今天这装扮，就一个字，帅！"

"你这伴郎也真心不错啊，两个字，真帅！"余帆也夸奖道。

“怎样？紧张吗？”路远问道。

余帆嘿嘿一笑，腼腆地应道：“还别说，真的有些紧张。比当时求婚那会儿更加紧张。”

路远调侃道：“求婚那会儿你怕人家不会答应，紧张是正常的啦，这会儿人都是你的了，还比求婚那会儿紧张，不会吧。”

“等你结婚就知道了，现在话可别说得那么满啊。”余帆不理会他的调侃，反而拿他打趣起来。

“说真的，等会儿你可得帮着点儿，我今晚可不能喝醉进洞房的啊。”余帆事先跟路远说好。

“今晚不管怎样，都不会让大伙灌醉你这个新郎官。”路远拍拍胸脯保证。

“行，我不会忘记你的，到时候你大婚，我自然也给你担着。”余帆豪气地应道。

路远白了他一眼：“得了，我大婚，可有得等了。”

另一间化妆间内，宋小朵穿着正装，站在镜前端详自己。余帆妻子樊美穿着婚纱，微笑着走向宋小朵。

宋小朵看到樊美，赞道：“你真美！”

“你也是啊，我都能想象得到你穿婚纱的样子了，那得让多少女孩子羡慕嫉妒恨啊。”樊美赞道。

“祝你和余帆百年好合，早生贵子。”宋小朵衷心地祝福道，然后让她坐下，再帮她稍稍整理下头纱。

“谢谢，也希望你早点儿找到你喜欢的另一半，一直幸福下去。”樊美握住宋小朵的手应道。

宋小朵笑笑，没有说话。她喜欢的另一半，近在眼前，可是，再过不久，他就要变成别人的丈夫了。而他，甚至不知道她喜欢的就是他，还以为她爱的是另一个男人。

“小朵，你是不是有喜欢的人了？”樊美试探性地问道。

宋小朵微微一怔，闪躲的眼神泄露了她真实的情绪。

“有喜欢的就去追，别让自己后悔，否则，若干年后，你回想起来，会觉得很遗憾。”

宋小朵若有所思，许久，才说道：“谢谢你，真的。”

两人相视一笑。

会所的大厅是婚礼现场，布置得浪漫而温馨。

在扬起的音乐声中，漫天花瓣中，让人感受到这场婚礼的隆重，在场的宾客早已静坐在自己的位置上，等待着新娘入场。

余帆是新郎，路远作为伴郎，微笑着等在花门下，当婚礼进行曲的乐声响起，宋小朵伴随着余帆妻子款款走来。

余帆深情凝视着自己的妻子。

路远默默凝视着款款走来的宋小朵。

看着宋小朵穿着一袭抹胸的粉色伴娘服，化着精致的妆容，长发微卷，用发饰盘着，打扮美丽，气质非凡，路远陷入回忆。

2008 年。

路远喜欢宋小朵，正确来说，应该是暗恋小朵，但一直没有勇气说出口，挣扎了许久，路远终于鼓足了勇气，走向宋小朵住的宾馆房间门口。

路远迟疑地走来，停在门前犹豫着欲敲门，心情紧张不已，这是他第一次跟人表白。忐忑不安的他来回踱步，几度想敲门却又缩回了手，这时的路远，不止手心冒汗，脸上额头上都是汗。

突然，隔壁房间门打开了，从里面走出来一个人。听到开门的声音，路远就像做贼心虚似的，急忙转身往回走。

但是那人只是背身进入别的房间，路远偷瞄到那人进入了别的房间，他又鼓起勇气走了回来，站在门前驻足许久，闭上眼，深吸一口气，鼓足勇气敲了敲门。

可是里边却是许久都没有人来开门，路远心情忐忑地等待着，紧张得欲打退堂鼓。

正当他想落荒而逃的时候，房间的门突然被打开了。

宋小朵开门看见路远，一脸惊讶。

“路远，你怎么来这儿了？找我有事吗？”宋小朵问。

“那个……是……我……我有话想跟你说。”路远紧张地说，甚至都有些结巴了。

“呃……这样啊，有什么话你说吧。”宋小朵笑道。

路远话到嘴边，怎么都说不出口。闭了闭眼，缓解一下自己的紧张情绪，深吸一口气说：“小……小朵……我……我喜欢你。”终于，路远结结巴巴地向宋小朵表白。

一时间没有反应过来的宋小朵，听到路远说的话，一脸愕然。

看到宋小朵惊愕的表情，路远猜想自己应该吓到她了，不等宋小朵的回答，路远就逃跑般转身就走。

望着路远转身离去的背影，宋小朵傻愣在原地。他怎么走了？他在跟我开玩笑吗？

路远一直跑到宾馆楼下，整个人像是缺氧一般。他停住脚步，连忙深吸几口大气，脸上火辣辣的。他终于鼓起勇气向宋小朵表白了，虽然很突然，也有可能惊吓到她了，但是路远却感觉到很开心，最起码让宋小朵知道自己的心意了，总比之前藏着掖着强啊。

路远抬头仰望天空，对上阳光，今天的阳光都充满了甜蜜的味道。虽然刚才小朵还没说什么，但是他可以放开去追求小朵了。

他决定，现在就去买束鲜花，他要在鸟巢门口等着小朵，等她一回来，便正式向她表白，问她愿不愿意做他女朋友。

想着这些，路远露出一抹开心不已的笑容，然后跨步离开，朝花店走去。

路远手捧鲜花兴奋地在鸟巢门口等待着，时不时闻闻花香，整个人的心情都极好。等了一会儿后，路远抬眼望去，突然，他整个人都愣住了。

不远处的余帆正手捧着鲜花，满脸笑意对宋小朵说着什么。

宋小朵笑逐颜开地接过余帆手中的鲜花，朝他笑笑，那样灿烂。而后，只见余帆附在宋小朵的耳边，不知道说了什么，宋小朵的脸红了。

看到余帆和宋小朵的亲密举动，路远顿时黯然，他失落地转身离开，随手把鲜花放在垃圾箱上。

原来，宋小朵喜欢的是余帆，原来刚刚自己的表白只是一场笑话罢了，原来自己始终比余帆慢了一大步。

宋小朵，不会是属于他的！

思绪拉回，看着款款走来的宋小朵，直到她和樊美走到了舞台的正中央。樊美把自己的手交给了余帆，两人面对着宾客，下面传来阵阵赞叹声。宋小朵帮樊美弄好婚纱的裙摆，然后站在一旁，不自觉地看了一下右边站着的路远，两人的眼神对上了，又立即分开。

现场响起热烈祝福的掌声，主持人响亮的声音响起："请新郎新娘交换戒指！"路远和宋小朵同时上前一步，分别把戒指拿给余帆夫妇。

接下来，便是新郎亲吻新娘，随后一阵起哄的掌声再度响起。

再后来，便是抛捧花的时候了。宋小朵没有加入抢捧花的行列，而是静静地站在一旁，微笑地看着他们。

谁知，樊美并没有抛捧花，而是直接走到宋小朵面前，把手中的捧花交给了她，说道："我希望下一个步入幸福婚姻的就是我的伴娘小朵。"

宋小朵惊愕地看着樊美，感到一阵暖心。樊美靠近宋小朵，附在她耳边低喃道："希望你和路远会是第四对在一起的志愿者。"说完，她看着宋小朵笑笑，一切了然于心。

宋小朵一怔，原来余帆妻子知道，知道她喜欢的人就是路远，只是没有明说而已。想起她刚才说的话，宋小朵的脸颊泛起一阵红晕，有些娇羞。

婚礼结束后，接下来便是晚宴的时候，在推杯换盏，热闹祝福中，大家今天都很尽兴。晚宴后余帆夫妇特别安排了舞会，路远和宋小朵都不太会跳舞，两人的眼神越过跳舞的人群遥遥相望，各怀心事，若有所思。

余帆邀请路远，道：“路远，坐着干吗？赶紧地，大老爷们儿的，别这么扭扭捏捏地放不开。”

“我都不会跳舞的，我看着你们跳就好了。”路远想拒绝，却被余帆一把拽住推向跳舞的人群。

“小朵，快来，都是认识的人，还有什么害羞的啊。”樊美邀请鼓励宋小朵。

宋小朵连连摆手道：“不行的，我不会跳舞……”话还没说完便被余帆妻子拉进人群，推向路远。

路远和宋小朵两人没有任何预警地被推向一起，差点儿撞在了一起，慌忙地刻意保持了一定的距离。

在气氛的渲染下，在心情的极度放松下，慢慢地宋小朵开始和路远组成一队，路远也自然地配合宋小朵，两人的目光一直追随着对方。

直到两人气喘吁吁，实在跳不动了，趁着众人不注意，路远和宋小朵拿着红酒，悄悄溜了出来，两人躲在会所的一个角落里喝着酒。

“真的太过瘾了，太放松了。”宋小朵禁不住大声抒发道。

“嘘，低调点儿！”宋小朵的话，声音那么大，路远示意她要低调点儿，可别又让人发现了。

“干吗低调？咱们又没干坏事！”宋小朵说得大方正气，丝毫不在乎别人的看法。

听见宋小朵的话，路远害羞地回避，不知道该说什么，只好举起酒杯化解尴尬说：“喝酒喝酒！”

两人碰杯喝酒，眼神一触即开。

那一瞬间，两人的眼神交汇，透着许多复杂的味道，然而，谁也没看出对方心底所暗藏的心思，即使有那么一种电流在彼此的心里划过，但是终究不知道对方是怎样的想法。谁都没有去打破这种关系。

宋小朵喝一口酒，不禁叹道：“第三对了。”

路远有些不明白宋小朵的意思，问道：“啊？”他在心里想着，什么第三对？感觉有些无厘头的话题啊。

宋小朵看了路远一眼，略藏深意地解释道：“第三对结婚的志愿者。这是奥运会想不到的收获。”

路远笑笑，没有接宋小朵的话题，只是跟她碰碰杯，感谢道：“谢谢你，我们村引进的旅游项目和干果加工厂开始动工了，我这个村官总算做了点儿实事，很有成就感。”

宋小朵感觉得到路远的故意回避，她没有继续刚才那个敏感的话题，而是顺着路远的话题问："杨会计后面没再找你麻烦吧？"

路远摇摇头说："没有，他是第一户签约把房子承包给我们的。"

宋小朵不可置信地瞪大了眼睛问："真的？"

没想到杨会计竟然是第一户签约的，记得当年，路远曾告诉过她，他们搞这个项目的时候，杨会计是极力抗议的，甚至还将他关在村委会办公室，没想到，这时候的态度竟来了个180度旋转。

路远点点头，说道："只要我们是对的，他也理解了我们，比谁都积极。"

说到这儿，两人相视一笑，默契地碰杯，算是为他们这个项目的顺利进展庆祝了。

月色透过窗帘洒在两人的身上，有些朦胧，有些醉意。今晚的时间过得很慢，宋小朵多希望今晚就这样坐着，轻轻地喝着酒，聊着天，直到永远。

"手续办好了吗？"宋小朵突然问路远。

听到小朵的问题，路远不解地问："什么手续？"

"你们村官不是三年就期满，就可以离开了吗？项目资金到位，一切进入正轨，你可以心安理得地离开了啊。"

宋小朵知道路远其实嘴里一直说不想做这个村官，一直表现得非常排斥这个职业，但是她知道，他其实是热爱这份工作的，而且宋小朵也觉得其实路远特别适合做这样的工作。他是个肯做实事的善良人，一心一意为村民谋福利的。所以她故意这般问路远，希望他能遵循自己内心的想法去活，去做。

“我……不想走了。就像你说的，做事不能太在意别人的看法，遵从自己内心就行了。”路远坦然地说道。

宋小朵听到路远的话，有些诧异，她没想到路远现在竟能如此坦然地说出心里话，而不是死鸭子嘴硬。

“为什么？”

“我有点儿喜欢上那个村子了，那些看似无聊的鸡毛蒜皮，其实别有一番风味。”路远开始重新审视自己的事业和工作，曾经在他看来不值一吵的问题，其实都需要特别用心去做。

宋小朵认真地看着路远，眼神里尽是赞赏。

路远笑了笑，说道：“我还提交了入党申请书，这次是为我自己。”

听到这儿，宋小朵笑了，举起杯子自动地碰了碰路远的杯子，衷心地表示祝福说：“恭喜你。”

路远也开始问宋小朵未来的打算：“别光说我，你呢？准备留在美国了？”

宋小朵坚定地摇头说：“不会的，我想一毕业就回国。其实国外不是我们想象中那么好，真的。”

路远对于宋小朵的回答显得很惊讶，问道：“什么？”小朵不是一直都向往国外的生活，喜欢国外的节奏吗？

宋小朵笑笑，随后严肃地说道：“看清一个人需要有距离感，看清一个国家也是，一出国更爱国这句话可不是个口号，现实就是这样。”

“好不容易奋斗到这个程度，放弃了多可惜啊。”路远不禁为她可惜。

宋小朵轻抿了口红酒，笑道：“没放弃，是有了更好的追求。这里机会更多，我也想跟你一样，为自己国家做点儿什么。虽然是微不足道的小事，但我们每个人都在努力。”

路远沉默片刻，半开玩笑地说道：“有这句话，我不支持你都不行了。”

宋小朵的眼光躲闪一下说道：“所以更要回来呀。有人需要钱，有人需要时间，可我需要的只是支持，而且还得是你的支持。”

路远一愣，原来他的支持对宋小朵来说如此重要。

他笑着起身道：“咱们消失得太久了，还是赶紧归队吧！

来，干了先！”

两人碰杯，一饮而尽。

酒喝完后，两人相视一笑。

“走吧，该进去了。”路远说道。

一进入会所大堂里，便听见一段轻柔的舞曲，让人微醉。

“还是去跳舞？”路远挑眉问道。

宋小朵耸耸肩说：“都可以啊，或者你还想去角落喝点儿小酒吗？”

路远扑哧一笑，绅士般地朝宋小朵伸出手，小朵笑着把手交给路远，两人双双步入舞池。

舒缓的舞曲中，在酒精的催化作用下，宋小朵的下巴微靠在路远的肩膀上，醉意朦胧，有些微醺，低声问：“你怎么还不结婚？”

路远被宋小朵突如其来的问题问得微愣了一下，沉声回道：“还没准备好。”

宋小朵看了他一眼，有些惊讶地问：“你还是她？”记得去年冯媛说过，他们快要结婚了，看样子，没准备好的是路远。

路远沉默片刻，只说了一个字：“她。”

宋小朵有些震惊，心情复杂：“还以为……”

话在嘴边，便让路远打断了：“她正办理回城的手续，而我不想回城。”停顿片刻，才继续说道：“合适这个词真的很重要。”

自古都说门当户对，但是他觉得，两个人在一起，合适才是最重要的。如果不合适，三观不一样，追求的理想，奋斗的目标都不一样，那么两个人就很难走到一起，就像他和冯媛。

宋小朵淡淡一笑，轻喃道：“两个人之间，爱这个词更重要吧？”如果没有爱，那么又有什么感情可言，没有感情的两个人走到一起，注定是悲剧。

路远静静地跳着舞，不再说话。

许久，路远才问：“你呢，听说你有男朋友了？”

宋小朵怔了一下，嘴角微微张开：“嗯。”

路远缄默片刻，随即问道：“我认识吗？该不会是我们当中的某一个志愿者吧？”

宋小朵心里感觉到有些苦涩，如果真的是，那只会是眼前这一位，可惜，却永远不可能是他，宋小朵扬起笑脸，说道：“是任帅。”

“他挺好的啊，高大帅气，事业有成，跟你很般配。”路远点点头，内心却伤心不已。

“你要回国发展，他呢？留在美国吗？”路远想到宋小朵刚才说的话，随即想到他们之间的问题。

“他也会回来，他本就是华人，并且跟我的想法一样，觉得国内的发展机会很多。”

路远笑道：“你看，这就是我刚才说的合适，你们很合适，奋斗的目标一致，走在一起肯定很幸福的，祝你和任帅幸福。”

宋小朵深望一眼路远，许久，才别过眸子，下巴抵在他肩膀，轻喃道：“也祝你幸福。”

说完，有些哽咽。

婚礼的晚宴结束后，余帆夫妇送参加婚礼的客人离开。路远和宋小朵刚走出门，便被余帆硬推回门里，两人被硬生生地推回会所大厅。

大厅里，一群往年一起为北京奥运会服务的志愿者们聚在一起，大家都抱着不醉不归的样子。

几个啤酒杯相碰，发出清脆的碰撞声，志愿者们齐声喊道：“干杯！”

大家看似喝多了，每人都拿着啤酒猛灌。

余帆醉醺醺地提着一箱啤酒从楼下上来，加入到喝酒人群中。

当年的一名志愿者环顾了下会所的四周，不禁叹道："余帆，你这地方可以啊。这装修、这气派，就是不一样啊。"

余帆谦虚地笑了笑，然后从口袋里掏出一叠 VIP 卡放在茶几上，大方地说道："来来来，今儿是我大喜的日子，我开心，以后你们随意来啊！ VIP！"

不一会儿，桌子上的 VIP 卡全部让志愿者们哄抢一空，其中一人晃晃手中的 VIP 卡，邪恶地说道："阔气啊！既然今天是大喜的日子，咱来玩点儿刺激的呗。"

大家在酒精的刺激下都开始热闹起来。

"闹新娘子？"新婚嘛，一般上不都这样啊，闹洞房啥的。要不然还有什么好玩的？

"闹啥呀，抵制陈规陋习，提倡文明婚庆，还是玩真心话大冒险吧。"

"又玩这个？咱们 2008 年玩了一夏天，长不大了是吧？"

2008 年，他们一起做志愿者的时候，大家伙年纪都轻，那一整个夏天，几乎都在玩这个。

"那时候小朵一直不选真心话，全是大冒险，谁也不知道她心里想啥。"

"好好，就玩真心话大冒险，看今晚谁能让她说真心话。"

“就玩这个。我先开始。”

其中的一名志愿者拿起一个空酒瓶，在桌子上转了一下，酒瓶停住，瓶口对着余帆。

大家起哄道：“真心话还是大冒险？”

余帆帅气地一笑，看着樊美，笑道：“大冒险。”

“结了婚就不敢说真心话了？大冒险啊……”

转瓶子的志愿者使劲地想着，企图想到一个能捉弄到余帆投降的招数，突然，他看看路远，然后一脸邪恶地对余帆说道：“你不是路远的好哥们儿吗，亲他一下。”

话音刚落，路远一脸惊讶，连忙往后躲着，摆摆手说：“不要，我对他没兴趣。”

大家哄堂大笑，气氛热烈起来，众人起哄道：“赶紧地，要不然可就要换个更绝的啊。”余帆站起身，走向路远，一脸我不入地狱谁入地狱的表情，路远大笑道：“余帆，你可别乱来啊。”

余帆摊摊手，无奈地说道：“没办法，兄弟，我也是身不由己啊。”说完，笑着扑过来，亲了路远一口。

瞬间，大伙响起了尖叫和欢呼声。

大家都七嘴八舌地起哄。

“祝你俩百年好合。”

“白头偕老！”

“早生贵子！”

“这个可不行。”

不甘心的余帆接着说：“该我了！”说着转动酒瓶，瓶口对着其中的一名志愿者张华斌。

余帆立马问道：“真心话还是大冒险？”

“大冒险。”

余帆嘿嘿一笑，侧头想着，绞尽脑汁地想着整人的招数。

“想想怎么惩罚你呢。”

“让他抱小朵一下。”

宋小朵吓得反射性地双臂抱肩说：“不要。”

余帆笑着看看宋小朵，建议道：“找个人替你吧。”

宋小朵表情为难地往四周看，看看谁能好心地站出来代替她。

突然，路远借着酒意站起来，看了宋小朵一眼，说道：“我替她。”

众人又开始起哄，宋小朵一脸感激地看着路远，这回反倒是选择大冒险的张华斌不愿意了："不行，我不要路远。"

路远喝得微醺，走上前，不管他同不同意，冲上去死死把他抱在怀里。

那力气大得令张华斌连忙求饶道："轻点儿啊，我喘不过气了！"

众人又哄笑，宋小朵站在一旁看着，也不禁大笑起来。

在一番游戏中，酒瓶在桌面上转动，慢慢停下来，瓶口对着宋小朵。

余帆立刻问道："真心话还是大冒险？"

宋小朵喝了一口啤酒，脸红着说："真心话。"

宋小朵这话一出，简直是震惊了在场的所有人，因为以往不管是多绝的大冒险，她始终都不会选择真心话的，这次竟主动说选择真心话了。

"敢说真心话了？有个问题 2008 年我就想知道，你初恋是不是余帆？"

问题一出，众人瞬间安静下来。

气氛既尴尬又期待，大家都在屏住呼吸听宋小朵的回答，因为这个问题的敏感度实在是太强了，男女主都在场，而且今日还是男主的大婚，新娘可不是这问题的女主啊。

余帆忐忑地看了樊美一眼，樊美瞪了余帆一眼，又勉强微笑地看看宋小朵。

宋小朵借着酒意喃喃地说道：“如果暗恋也算初恋的话，那就是路远……”

路远听了后震惊地看着宋小朵。

众人也都愣住了。

宋小朵没有发现众人吃惊的表情，有些微醺地自顾自说道：“那一年，我才 18 岁，多害羞啊，都不敢和他说话，只敢偷偷地跟在他身边……”

2008 年，宋小朵情窦初开的那年。

路远做事的时候，宋小朵经常偷偷看他，路远却看向别处。

她不敢一直看着他，生怕他突然回头看到了她，发现了她的秘密。

是的，她喜欢路远，早在看到路远的第一眼，她就喜欢上了他，但是她不敢表白，懵懂之年，只好把这份暗恋藏在心里。

2008 年的奥运会，他们之间有过很多的碰面和接触，在鸟巢的滚梯上，宋小朵和路远再一次遇见，路远刚好站在侧面滚梯下电梯。两人擦肩而过时，本来和余帆在说笑的宋小朵，忍不住回头张望了下，却看到路远背身远去，没有回头再看她一眼，宋小朵一脸的失落。

可是她也没有发现，路远禁不住回头看她时，却看到她和余帆有说有笑，只好沮丧地离开。

思绪拉回，宋小朵喝了一口啤酒，脸颊有些红晕，继续诉说道："后来，我知道了余帆和路远是铁哥们儿，我以为我只要和他走得近，就能吸引路远注意。"

说到这儿，宋小朵有些自嘲，众人皆安静地听着，路远的心震惊不已，凌乱的思绪随着宋小朵的话起伏着。

宋小朵回忆路远和她表白的那天，嘴角带着一抹微笑，眼睛直望着路远，继续说道：本来，我想奥运会结束就向路远表白，没想到他先找到我，约我在鸟巢门口见面，可那天出现的人却是余帆。"

那天，宋小朵在房间收拾衣物，听见敲门声，上前开门。

打开门，竟是路远出现在门口，结结巴巴说话。

他竟然向她表白了！

宋小朵一脸愕然，还来不及反应过来接受路远，路远便一溜烟儿地跑开了。

看着走掉的路远，宋小朵关门平静地继续收拾衣物，却在几秒后在房间里又蹦又跳，躺在床上滚来滚去，还不小心摔到了地上。

她内心狂喜不已，原来她不是单恋，原来路远也喜欢她！

宋小朵差点儿没尖叫出声来。突然，口袋里的手机铃声响起，拿出来一看，是路远的电话。

“喂。”宋小朵怯怯地说了一句。

“小朵，我……等下我们在鸟巢门口见，我有东西要给你。”电话那头，路远小心翼翼地说道。

“好，待会儿见。”宋小朵应道，挂掉电话后，开心地在地上打滚。

她放下正在收拾的衣物，赶紧起来换了一套衣服，对着镜子整理下自己的妆容，直到满意后笑笑，便出门直奔鸟巢门口。

宋小朵在鸟巢门口有些焦虑地等着，左盼右盼，却还没看到路远的影子。

许久，日落黄昏，还没看到路远，突然一道身影映入她的眼帘，是余帆。

只见他手捧一束花朝她走来，直直地走到她面前，然后将手中的花送给她，宋小朵不知所措地说了声谢谢，谁知道接下来，便是余帆向她表白了。

她错愕不已，不知道该怎么回答，许久，她才婉转拒绝了余帆的表白。

宋小朵环顾四周，却始终没有看到路远出现的身影，顿时怅然若失，眼泪汪汪。

思绪拉回，会所的大厅里，当年的那些志愿者们，都面面相觑。

宋小朵定睛看着路远，爱意情深，满脸眷恋，可是路远像在回避什么，逃避似的别开眼睛不敢看她。

樊美暗地里使劲掐了余帆一下。余帆强忍着疼痛，若无其事地冲大家笑笑。

宋小朵继续说道："对了，还记得前年我丢钱包的事儿吗？其实可以去派出所开个证明的，我只是想见你，又不知道以什么理由，还怕你……忘了我们的约定。"

路远看着小朵，他不知道该怎么回答她的话。

宋小朵看着路远，顿时觉得轻松无比，原来把藏在内心深处多年的秘密说出来，是那么轻松的一件事。从此她再也不用这般隐藏着自己的情感，再也不怕路远知道她的心思，只是，她和路远还能回到以前那样相处吗？她似乎忘了，路远还有冯媛，那个即将和他结婚的女孩。

从余帆的会所走出来，路远和宋小朵沉默地走着，谁也没有先说话，气氛宁静，两人就这样并肩走着。

两人都喝了点儿酒，意识有点儿迷糊，但心终归是清醒的。

宋小朵小心观察路远，试探着打破沉默，随便找了话题，说："几年时间，北京变化这么大，让人恍如隔世。"

路远默然点头，依旧没有说话，只是这般走着。

"我们的国家越来越强大了，各方面的实力也强大了。"宋小朵找着话题，随便说着，就是想缓解一下气氛。但是路远也只是轻轻点头，并没有回答她。

宋小朵并不在意，接着说道："你还记得吗？以前，我奢望不带钱包就能出门，买东西都可以不用现金的，你还笑我痴心妄想呢，你看现在不也实现了？未来究竟能变成啥样，谁也说不准。"

"是啊，我也没想到竟然都实现了。"路远回过神来，淡淡地应道。

听到路远开始回应她的话，宋小朵有些欣喜，她开始扯着话题和路远闲聊着，企图让彼此之间的氛围更好些。

"突然之间，感觉自己苍老了好多，尤其这几年，社会发展那么快，我都觉得自己要跟不上节奏了。"宋小朵语气沧桑地说道。

听到小朵有些沧桑的语气，路远禁不住笑了，看着小朵，打趣道："才多大呀，说话跟老奶奶似的，别玩深沉行吗？"

"我才不是深沉呢，我是实话实说啊，你没感觉到吗？你看，那时候我钱包丢了就算有手机又怎样？那年要不是你，我可能露宿街头了呢？"想起那年钱包丢了，和路远发生的点点滴滴，似乎很遥远，却又近在眼前，宋小朵的心里充满了美好的回忆。

也是从那天开始，他们之间的联系多了，话题多了，她也不用像以前那样，偷偷暗恋，连话都不敢跟他说，只敢在背后偷偷地看他。

"你还说不深沉呢，你听听那语气，我都以为你是个老太婆了呢。"路远故意避开那个话题。

宋小朵白了他一眼，嗔怒道："你倒是好，一直都没有变化。"

路远勾起嘴角，自嘲道："没变吗？"为何他觉得变了好多，或者唯一没变的，就是他还一直活在父亲的安排中，早已习惯定好的人生轨道中吧。

宋小朵看了他一眼，细细观察了下他的表情，不由得笑了起来，说道："我觉得你在玩深沉。"

路远勾起嘴角说："有吗？我觉得很正常啊，我也是实话实说。"

“你看你看，又在玩深沉了，而且，还在学我说话，更重要的是，你是一字不改原封不动地搬了过来。”小朵指着路远笑道。

路远笑笑，然后一本正经地说道：“其实我有变，只是生活却没变而已。”

宋小朵看了看路远，质问道：“你敢说你现在遵照本心生活了吗？”

路远挑眉反问：“怎么了？”

他有些不明白小朵的意思。本心，何谓本心？

宋小朵露出一抹苦笑说：“我知道你和冯媛的状态，你们……真的合适吗？”不是她想横刀夺爱，可是她真的觉得，路远和冯媛真的不合适在一起，冯媛想要的，不是路远渴望的。路远就像一匹野马，想奔向各种方向，可是，冯媛却是个把自己人生规划得很清楚的人，他们之间没有共同的奋斗目标，没有一样的理想，如何能在一起？

路远听到宋小朵的话，沉默片刻后轻叹道：“她挺好的，是个把人生规划得很明确的人——多少岁回北京，多少岁结婚生子，多少岁升正处，多少岁退休养老，都想得明明白白。”

这座城市，有太多的冯媛，而她，只是一个小小的折射罢了。

而路远和冯媛，其实说穿了，也是一个小小的折射罢了。

现在这个社会，也有太多不是因为真爱而走在一起的人，有些人不是因为爱情而结婚，是因为适合；有些人不是因为爱情而结婚，是因为时间；还有些人不是因为爱情而结婚，是因为家庭因素。而他和冯媛，便是后者了。

因为家庭的原因，因为他父亲的要求，他和冯媛就这样过了几年，甚至都没怎么牵过手。其实他和冯媛心里都很明白，彼此不是对方爱的那个，可是对冯媛来说，任何事情都是能量化的，她和他在一起，可以帮助到她的事业，这样的量化，对她来说，是值得的。

“那你的呢？”宋小朵问道。路远说出了冯媛的人生规划，那他自己的呢？他从来都没有遵循自己的本心生活，不管是感情还是事业。

“好像也是。”路远说得有些心虚，他不敢正视宋小朵的眼睛，是的，他很心虚，他跟所有人说，他是在遵循自己的本心生活，可是呢，他能骗得了自己吗？

听到这儿，宋小朵有些生气，微愠道：“别骗我了，更别骗你自己。”

路远语塞，他不知道怎么去辩驳宋小朵的话，因为小朵说得对，他骗不了别人，更骗不了自己。

宋小朵见他无话辩驳，继续说道：“你的人生是一匹野马，四面八方都能跑，你非跟别人跑在独木桥上干吗？你那是在放弃选择权。”宋小朵有些生气，看到路远总是这样去回避，她就生气。

今天，她当着众人的面，对他表白了，但是他没有做出回应，还是在逃避，明明他不喜欢冯媛，但是他害怕伤害到冯媛，害怕背叛父亲的意思，就是不肯按照自己的本心去做。明明他喜欢的是自己，但是那么多年过去了，他还是在回避，就算她放下了自尊和骄傲，他终究敌不过自己的理智，她多么想他感情用事一回。

尽管内心明白宋小朵说的就是事实，但是路远硬是不肯承认，他极力控制自己的激动，尽量平静地回道：“这是我的想法，不用你指手画脚。”

宋小朵没有因听到他的话而住口，反而更加直戳他的内心说：“我想提醒你，一眼能看到头的生活是很安全，但它很枯燥。”

宋小朵明白，路远有自己的想法和抱负，如果让他一直这样沿着规划好的轨道走下去，他不会开心，而她，最不愿意看到的，就是他不开心。

被宋小朵戳中内心的弱点，路远显得略激动，禁不住喊道：“你今天的话太多了！”他看了一眼小朵，没有理会她大步离开了。

是的，他的生活很枯燥，他早就知道，但是他却不得不去适应这样枯燥的生活，他的情感很空洞，他明明有喜欢的人，但是他为了所谓的责任和道义，他硬是逼自己去逃避这段感情，他不想一段感情还没理清，又脚踏两条船，伤害了三个人。

宋小朵见状，大步追了上去。

路远感觉宋小朵快要追了上来，于是更加大步向前，仿佛后方追着他的是毒蛇猛兽，他加快了脚步逃离。

宋小朵索性小跑着拦在路远面前，逼停他的脚步，迫使他正视自己的话题，活出真实的路远。路远则回避地转开视线。

宋小朵咬了咬下唇，勇敢地迎上路远的视线，鼓足勇气大喊道："我一个女孩子，喜欢你就敢当众表白。你敢说你从来没喜欢过我？干吗连表白的勇气都没有？你是不是个男人？"她的眼眶有些湿润。

她已经放下自尊和骄傲，在众人面前表白，她顾不上面子，只想遵循自己的内心做事，正视自己的感情，即使没有得到想要的结果，她也不后悔。

路远被宋小朵逼得无处可逃，激动地吼道："我喜欢你又怎样？有什么不敢说的？"是的，他是喜欢她，那又怎样？他敢说出来，可是说出来又能怎样呢？他们还是没办法在一起啊。

宋小朵听到路远的话，内心狂喜，借着酒意歇斯底里地大喊道：“再说一遍！”他承认了，他终于承认了他也喜欢她。

理智回归，感情又一次给理智打败，路远张嘴欲说，但最终未能启齿。

宋小朵眼含泪花，语气温柔地喃喃道：“我知道，我都知道了……”不需要他再多说什么，小朵心里已经明白了，就已经足够了。

爱有时候是不需要说出口的，只要知道彼此的心意，便够了。

路远看着宋小朵眼含泪花的样子，视线变得朦胧。那么多年了，他们之间错过了一次又一次，两人始终没有走到一起，相互误会，但是，庆幸的是，今日，他们终于明白了对方的心意。

天突然轰轰作响，隐隐有雷声传来，一阵雷声袭来，宋小朵惊呼一声，反射性地靠近路远，路远本能地想保护小朵，几乎是同时的，两人看着彼此紧握的双手。两人微微一怔，对视一眼，又反射性地放开。

“快下雨了，我们快走吧。”路远说道。

宋小朵点点头，两人朝小朵住宿的酒店奔去。

还没回到酒店，雨已经倾盆而下，路远赶紧脱下自己的外套，为小朵挡住雨势的攻击，两人见雨势越来越大，小朵说道：“我们先找个地方避避吧，现在也拦不到车啊。”

路远环顾四周，看到对边有家便利店，便说道：“咱们先去对面那家便利店，顺便看看有没有雨伞，这样我们也不能走回去啊。”

宋小朵同意地点点头，两人便朝对面的便利店奔去。

过马路的时候，宋小朵没有注意到来车，就要朝对面奔去，差点儿被一辆面包车撞上。

路远看到这一幕，心跳加速，一把拉回小朵，大声喊道：“小心！”

宋小朵躲在路远的怀里，不管外面的雨势多大，她的心此时此刻却是温暖无比，如果可以，她希望在这个怀里这样一辈子。

“走吧。”路远闪躲的眼神环顾四周，然后说道。

两人来到便利店，暂时躲开了那场来势汹汹的大雨。路远说：“你先在这儿等我，我去看看有没有热饮和雨伞。”

宋小朵双手环臂，抬眼望了下外面的雨势，感觉有些吓人，还不时伴着阵阵的雷鸣闪电。

不一会儿，路远拿着两杯热饮和雨伞走了过来，递给她一杯，“喝点儿吧，暖暖身子。”

“谢谢。”宋小朵伸手接过。

“我们打伞走吧，幸好这儿距离酒店也不远了。”路远打开伞说道。

两人在一阵阵的闪电雷鸣以及凶猛雨势中回到了酒店。路远拿一把湿漉漉的雨伞，和宋小朵快步走着。路远站在宋小朵房间的门口，略有些迟疑，小朵见到他迟疑不决的模样，索性一把拉他进门。

宋小朵“砰”地将门关上。

路远下意识回头，他的心在发抖。

宋小朵坏笑着打量着路远说：“是冲个澡换身衣服呢，还是冲个澡换身衣服？”

闻言，路远尴尬苦笑着：“你就别逗我了，我再也不穿服务生的衣服了。”

宋小朵笑着说：“那你先用浴巾擦擦吧，别着凉了。”

宋小朵将浴巾扔给路远，路远接过浴巾的一刻，宋小朵不禁扑哧笑了，想起自己每次和路远的相遇，“怎么就又弄得跟过泼水节似的？”

昏暗的室内，显得气氛有些暧昧，两人的心跳加速。宋小朵转过身注视着路远，热切激情。感觉到宋小朵热烈的目光，路远刻意回避了她的视线。

宋小朵忽地站起身，有些不安地凝视着路远。路远不敢对上她的眼睛，压低声音说道：“把你送了回来，我该走了……”

路远后退一步，想和宋小朵保持着距离，小朵温柔地上前一步，柔声唤他的名字：“路远……”

路远下意识后退，脱口而出：“我有女朋友！”

宋小朵微微一怔。是的，他有女朋友，她知道的，不是吗？

路远不知道该怎么和宋小朵相处，只能用逃避的方式说：“对不起。”说完，转身欲走。

眼看着路远不断躲避自己，不断逃避这段感情，不愿遵循自己内心而活，宋小朵再也按捺不住，冲动上前拉住路远。

路远却不为所动，头也不回地坚持要出门。宋小朵悲伤地绕到路远前面，眼神充满了复杂和悲伤，她一个女孩子，放下尊严在这边哀求他别走，可他呢，坚持要走，只告诉她，他有女朋友，这样简简单单一句话就算对这份感情给了交待吗？

宋小朵紧紧拉住路远的手，有些哽咽地问道：“你真的爱她吗？她真的爱你吗？”明明他们之间就没有爱情，为何要强求？明明他爱的人是她，为何又不敢承认？

路远不敢看宋小朵的眼神了，低头往门外走着。

看到路远不敢回答自己的问题，还是一味地逃避，宋小朵再也控制不住自己，一把抓住路远，“啪”的一声响起，在这个寂静的空间中回响着，是那样清脆和惊悚，只见宋小朵双目含泪地看着路远，那一巴掌，五味杂陈。

当这个巴掌声响起，宋小朵看着路远红着的脸，而路远则继续躲避着她，她伤心之中，有些失态地大吼道：“懦夫！胆小鬼！滚！”

路远没有躲避宋小朵的耳光，依然接下了这记耳光，听到宋小朵失态的怒吼，他默然转身，黯然离去。

关门声中，宋小朵蹲了下来，双手环抱着双臂，她感觉到一阵阵寒冷，泪水滑落，是从未有过的心伤。

她和路远之间为何会走到今天这一步，如果今日他们没有把话说清楚，或许此生他们将不会再见面。可今天她和路远表白了，他们的关系仍然是既做不成情侣，也回不到以前好朋友的状态了。

路远从房间出来，思绪很凌乱，他神情黯然地走进雨里，加快脚步往前走着。

小朵说他是懦夫，是胆小鬼，是的，他的确是。他爱小朵，可是他有冯媛，他不能脚踏两只船，道德和情感之间，他选择了道德和责任。

正当路远沉浸在自己的思考里边，突然，一道呼唤声蓦然响起：“路远，你给我站住！”

宋小朵从酒店里冲出来，紧接着，没有给路远任何时间思考，在滂沱大雨中一把拦腰抱住路远，紧紧地，不愿松手。

雨水浇在两人身上，两人在雨中就这样紧紧地抱着，仿佛感觉不到这凶猛的雨势。

宋小朵声音哽咽，用近乎哀求的语气问道：“告诉我，我连自尊都不要了，怎么还留不住你？”

路远闭了闭眼，深吸一口气，沉默不语，只是缓慢但不容置疑地去掰宋小朵的手。

宋小朵的手被一点点掰开，直到整个人离开路远的身体，看着路远坚定不移地拒绝她，宋小朵怔怔地看着路远，想从他的眼神里看到什么，却只能看到沉默和坚定。她的思绪也瞬间清醒，轻轻松开路远，喃喃道：“你走吧，现在就走，越远越好，再也不要回来……”

既然不能在一起，那么以后也别再见面，徒感悲伤。

这么多年了，她爱了他那么多年，一直都是沉默的，可今日，她终于说了出来，当众表白，可是得到的，却是被践踏一地的自尊。她也有她的骄傲，路远何尝不知道，却还是这般伤她的心，既是如此，又何必强求。还不如不要再见面，让彼此都留在那段回忆里，至少，还是美好的。

路远看着宋小朵痛苦的神情，他强作镇静地解释道：“你放心，清醒以后，我会好好考虑这些事儿！要知道，只要没和她分手，我就不能跟你在一起！”

说完，路远彻底推开了宋小朵的手，深深看了一眼小朵，随即转身，快步往前走。

宋小朵双手举在半空中，呆视路远的身影消失在雨幕里。久久地。

直到宋小朵反应过来，她在雨中蹲下了身子，环抱住自己，在大雨中抽泣着，那分不清是泪水还是雨水在她的脸上流着，她的心好痛，好痛。这一刻，她明白，她和路远，或许永远都不会再见了。

大雨如注。宋小朵再也控制不住自己的情绪，放声恸哭：“对不起，我不该逼你的，可我太爱你了，很久很久以前就喜欢上你了……”宋小朵边哭边喃喃自语。

雨下得更大了。

而在另一边，路远自从跑离了酒店，便一直在大雨滂沱的夜里奔跑着。

路远不知道自己跑了多久，只知道自己要赶紧离开，因为再不离开，自己会做出对不起冯媛的事情，更会做出伤害小朵的事情。

他漫无目的地奔跑着，直到累得跑不动了，蓦地，看到路边一个自动贩卖机，路远跑过去又退回来，抖着手掏出几枚硬币，塞进贩卖机投币口里。

可是，贩卖机坏了，没有吐出饮料。

路远使劲砸了砸贩卖机，还是没有反应。他在心里咒骂着，这个时候，竟然连一台贩卖机都在和他作对！

路远歇斯底里地与贩卖机搏斗，不停地踢，不停地砸，直到精疲力尽，才终于瘫倒在雨水里。

他很累，他很痛，可是又如何？他又能怎么办？

宋小朵说他是懦夫，可是他做不到在没跟冯媛说清楚的情况下，还和小朵纠缠不清，这样的话，就伤害了两个女人。

他绝对不能这么做！他会处理好这些事情，好好考虑清楚自己的情感再做出决定。

路远挣扎着起身，跌跌撞撞、摇摇晃晃地继续走着，然后来到一家便利店，买了几瓶酒后，便又开始喝了起来，如今只有喝酒才能麻醉自己的神经，才能好受一点儿。

他把一瓶瓶的酒灌了下去，直到把买来的酒全部喝完，直到醉得不醒人事，他难受得想吐出来，但是却吐不出来，瘫倒在一家银行的门口，任由雨水敲打在他身上。

大雨滂沱而下，路远就这么醉倒在银行门口，没有起来。

酒店门口的宋小朵在哭过后，缓缓起身，她转头看了下酒店的方向，却不想回去，于是她拖着沉重的脚步缓缓走了出来，走到大马路上，完全不管自己是不是会因淋雨而生病，她已经麻木了，错乱了。

快半夜了，马路上基本上见不到行人，宋小朵就这样漫无目的地走着。

突然间，腿脚一软差点儿跌倒在地上，幸好她扶住了一棵大树，站稳身子后，她继续走着，仿佛黑夜里的幽灵一般，没有灵魂只剩下一个躯壳在走着。

突然，她在不远处看到了一个身影，那样熟悉，她不确定是不是自己的幻觉，连忙跑了过去，定睛一看，躺在地上的竟然是路远！

宋小朵连忙扶起路远，拍喊着："路远、路远，快醒醒。"可是路远却无动于衷，醉得不省人事。

宋小朵吃力地扶起路远，将他的手搭在自己的肩上，吃力地扶着他离开。

好不容易才将路远扶起来，两人来到路边，宋小朵想叫一辆车，但是下雨天，哪有那么容易打车？一辆辆车飞奔而过，溅起的水花打在宋小朵和路远的身上，宋小朵顾及不了那么多，只想赶紧拦到车。

不知道过了多久，终于，宋小朵拦下了一辆出租车。司机看着两人湿漉漉的样子说道："姑娘，这儿有纸巾，你们拿着先擦擦吧，浑身都是雨水，可别生病了啊。"

宋小朵感激地看着司机，连忙谢道："谢谢，谢谢你，师傅。"

"没事，这年头，大家都不容易啊。"司机师傅感慨道。

宋小朵拿起纸巾，然后帮路远擦着脸上的雨水，心疼不已。

"姑娘，这个是你男朋友吧？怎么喝得那么醉啊？"司机从后视镜看过去，看到路远酒醉不醒，看到宋小朵细心地为路远擦着雨水，然后又说道："小两口估计吵架了吧？"

宋小朵笑了笑，不知道如何作答。

终于回到了路远家的楼门口，宋小朵吃力地把路远扶出车外，向司机道谢后，便扶着他上楼。

宋小朵心里很忐忑，这是第二次来路远的家里，回想起第一次的经历，她感受了路远父亲的威严。

如今路远又是这般酒醉不醒，她不知道要怎么面对路远的父亲，怎么向他解释路远的情况。

看样子，只能说是参加余帆的婚礼，大家伙都高兴了，所以喝多了。宋小朵转念一想，如果是在余帆上的婚礼喝多了，那为何不是余帆那边让人送他回来，而是要一个女孩子送他一个大男人回家，这怎么都说不过去吧。

宋小朵正思考着和路永明的说辞，想着想着，竟已经来到路远家门口，迟疑了下，还是鼓起勇气按下了门铃。

很快地，大门被打开，路永明走了出来。

“路叔叔，您好，不好意思，这么晚了还打扰到您，只是路远喝多了，我也没办法，只好先把他送回家来。”宋小朵乖巧地解释道。

路永明皱了下眉头，扶过湿漉漉的路远，然后看了一眼宋小朵，说道：“还是要谢谢你送路远回来。”

宋小朵听到路永明客气的回答，连忙摆摆手，说道：“路叔叔，您客气了，那个……那个路远是在余帆的婚礼上喝多了，他们兄弟几个都喝多了，所以只好由我送他回来了。”

“谢谢你，谢谢你，只是现在不方便请你入内做客了，你……”

听到路永明的话，宋小朵也十分识趣地说道：“没事没事的，路叔叔，我就不坐了，明天还要赶一早的飞机，我就先回去了。”路永明的话她听得出来，他不喜欢她，宋小朵自己也看得出来，在路永明的心里，估计只有冯媛才是他心里儿媳妇的理想对象吧，自从第一次去路远家里，她便知道了。

“那就不送了。”路永明说道。

宋小朵点点头，欲转身离开之际，却被路永明喊住了。

宋小朵问："路叔叔，您还有事吗？"

"小朵，路远是有女朋友的人，冯媛是个很好的女孩子，他们在一起那么多年，婚事也将近了，我希望你不要让冯媛误会，让他们的感情遭到破坏。"

路永明的言下之意，宋小朵听得清清楚楚，路永明是害怕她的出现会破坏了路远和冯媛的感情，意思很清楚，她不能再纠缠路远。

宋小朵吸了口气，硬是咽下心中的苦涩和酸楚，说道："路叔叔，您放心，我不会破坏路远的感情的，我也跟他说过，今天之后，我们永不再见。"说完，宋小朵低下头继续说道："路叔叔，没什么事，我就先走了，路远，就麻烦您了。再见！"

说完，宋小朵快速转身，逃似的跑离路远的家，路永明望着宋小朵离去的背影，叹了声气，他伸手关上门，扶着路远走进屋内。

大雨过后，又是一个阳光灿烂的天空，那么的蔚蓝。

路远微微睁开眼睛，头痛欲裂，整个人像是要炸开一样，他睁眼看着天花板，然后环顾四周，是那样的熟悉，他竟在自己家的房间里。他昨晚是怎么回来的？为何他一点儿都不记得了？

路远勉强撑起自己的身子坐了起来，努力回忆自己是怎么回到家的。

他记得，昨晚宋小朵当着众人的面向他表白，当众告诉他，当年她暗恋的对象就是他，随后他们一起回来，遇到大雨，他们去了酒店，在酒店里，他坚定地拒绝了小朵，小朵怒吼他是懦夫，胆小鬼，他走出酒店，小朵也跟着出来，在雨中他再次伤害了小朵。最后，他瘫倒在路边的贩卖机旁边。

后来他就不知道发生了什么事，迷迷糊糊中，有个熟悉的身影扶起他，然后送他回家了。

那个人，竟是宋小朵！

清脆的敲门声响起，拉回路远的思绪，门外传来父亲路永明的声音："路远，醒来没有？"

"爸，我醒来了，您可以进来的。"路远应道。

路永明推门走了进来，手里端着一杯浓茶，看到路远坐在床上难受的样子，不禁问道："怎么？酒还没醒过来吗？"

"爸，昨晚是不是小朵送我回来的？"路远不确定地问道。

路永明在床边坐下，把手中的浓茶放在床头柜上，才开口说道："路远，昨天的事，我就不说你了，你朋友结婚，你喝多了点儿酒，这我就不多说了，可是你和冯媛……"

话还没说完，路远便打断了路永明的话："爸，我和冯媛的事情我自己会处理好的，您就别操心了。"

"你说的是什么话？我能不操心吗？"

“爸，我已经不是小孩子了，我有自己的思想和情感，您不能一直干涉着我的人生。”路远有些不耐烦。

“我干涉你的人生？你……”路永明气结不已。

看着父亲生气的样子，路远别过脸去，说道：“爸，就让我自己独立吧，别什么都管着，我自己有分寸的。”说完，路远掀开被子走下床。

“你……”路永明气结不已，看着路远走入洗漱间关上门。

路永明充满挫败感，无奈地站起身，走了出去，经过洗漱间的时候，顿住脚步再看了一眼，摇摇头，便离开路远的房间。

路远洗漱完毕换好衣服，正准备出门时，看到有几条未读信息，他拿起手机，打开微信一看，有一条是小朵发的，“路远，对不起，祝你幸福。”

短短的一句话，让路远心伤万分，坐在床上，怔怔地看着小朵发来的微信，他随后回复道，“也祝你幸福！”他想了想，还是删掉了，然后换成“你回美国了吗？”

一会儿，小朵便回复了，只是简单的一个字：是！

路远放下手机，没有再发微信过去，他知道，现在小朵不会想见到有关他的任何信息。

昨天的话，终于成真了！小朵说，永远都不要再见面，或者，他们真的不会再见面了。

宋小朵乘坐最早的一班飞机飞回美国，坐在机场的候机室里，她拿出手机，打下一行简单又沉重的字：路远，对不起，祝你幸福。

发送成功后，宋小朵闭上眼睛，背靠着椅背，显得十分疲惫，昨晚送路远回家后，她便回酒店去了，一夜无眠，想着和路远发生的点点滴滴，想着路远是如何拒绝她的感情，想起路远父亲说过的话，思绪万千。

路远说得对，他有女朋友，而她不该在这样的情况下去逼他承认什么，这样伤害的是他们三个人。路远父亲说得也对，路远和冯媛是男女朋友，他们即将谈婚论嫁，而她的出现，会破坏他们的感情。

说来说去，都是她的错。她不该用爱作为理由去逼迫路远，不是吗？

手机信息铃声响起，宋小朵震了震，打开手机，看到路远的回信，“你回美国了吗？”

宋小朵只是简单回了一个字：是。

然后把手机关机，不想再去看任何的信息，就像昨晚说的，他们再也不要见面了。

登机的广播响起，宋小朵收拾好心情，提着行李步入安检门。

2

回到美国，刚下飞机，便看到任帅已经在等着她了，她感到有些惊讶，笑着走向任帅。

“嗨，今天怎么有时间来接我？”宋小朵问道。

任帅接过她的行李，和她并肩走着，回道：“给你发信息，你说坐最早一班飞机回来，刚好我也没什么重要的事，就过来接你了。”

“我就说吗，你这个大忙人，怎么那么有时间了。”宋小朵笑道。

“你这话说得有点儿酸酸的味道哦。”任帅挑眉望着宋小朵说道。

宋小朵笑了笑回道：“够酸吗？还要不要更酸的？”

任帅爽朗一笑，看着宋小朵，然后搭上她的肩，说道：“走吧，我的大小姐，回去梳洗一下，我请你吃大餐。”

“呦，我今天可真是幸运啊，不止有人接机，还有免费的司机，更重要的是，我还有人请吃大餐。”宋小朵夸张地说道。

任帅睨了她一眼，好笑地说着：“我得好好反省了，以前我到底是对你多差啊。”

宋小朵扑哧一笑，然后顺着他的话接下去说：“你知道就好！”

既然到了美国，过去的就尽量忘掉吧，不再去想路远，不再去纠结逝去的爱。

宋小朵回公寓简单地收拾了一下，换了一身衣服，走出门，看到任帅坐在客厅的沙发上等着她，她笑道：“我好了，可以走了。”

任帅看着一身清爽的宋小朵，绅士风度十足地摆出女士优先的动作，宋小朵好笑地看着他，径自先走出门。

两人边吃边聊着。

“今天是周末，不用去公司上班，想过去哪儿放松一下没有？”任帅问道。

宋小朵耸耸肩，问道：“你也不用去上班？”

“放松一个周末又有什么关系呢？”任帅笑笑回道。

“你可让我刮目相看了啊，工作狂任帅竟然也会过周末。”宋小朵打趣他。

“我就当你是在夸赞我懂得生活了。”任帅笑着说道。

“那行，今天我的节目就交给你安排了。”宋小朵说道。

任帅带着宋小朵来到一处庄园，宋小朵有些狐疑，看了一眼任帅，用眼神询问他。

任帅没有回答，用眼神示意她先下车，宋小朵狐疑地下车，缓缓上前几步，环顾四周，景致优雅，空气清新，宋小朵忍不住深深呼吸几下，感觉特别舒服。

任帅走近小朵身边，说道："走吧。"

宋小朵迟疑了下，然后小跑地跟上任帅的步伐问："去哪儿啊？"

"到了你就知道了。"任帅神秘地说道。

宋小朵只好跟着任帅走，他们来到一处花田，映入眼帘的是一片花海，让宋小朵禁不住赞叹："任帅，这好帅啊。"

任帅无语，这明明是好美啊，怎么变成好帅了。

看着宋小朵惊叹的神情，任帅得意一笑说："我就知道你会喜欢。"

"这儿是你朋友的？"宋小朵问道。

"不，这是我们的。"任帅回答，眼神锁住宋小朵。

宋小朵僵住笑意，转眸望向任帅，脸上写满不解："我们的？"

"是的，我们的。"任帅再次重复一遍，告诉她没有听错。

宋小朵还是不明白：“任帅，我还是不懂。”

“我承包了这一片花田，当作副业经营吧，如果你愿意，我希望能和你一起。”任帅解释道，眸光炯炯有神地锁住宋小朵的，炽热的目光让她无处可逃。

“任帅，你……”宋小朵说不出话来，事情转变得太快，她一时间没有办法接受。

任帅上前一步，目光紧紧锁住她的眸光，不让她逃避：“你在北京的时候，我给你打电话，我听得出，你发生了不愉快的事情，但是当时你不想说，我也不会去问，我只希望我能陪在你身边，这就够了。”任帅动情地说道。

听到任帅感性的话，宋小朵的心酸一下子涌上心头，红了眼眶，感觉到有些湿润，她声音有些沙哑地说道：“任帅，我不值得你这样。”

任帅缓缓摇头，嘴角挂着一抹好看的微笑，是包容和深深的爱意，说道：“可是我觉得值得。”

宋小朵蓦然抬头望向他，看到他眼里的爱意，她很感动，可是……

“我没办法……”宋小朵说着又低下头去。

“我知道，你暂时没办法忘记他，我也没有让你要立刻就忘了他跟我在一起，如果真是这样，你就不是宋小朵了。”任帅理解地说道。

终于，宋小朵还是没有忍住自己的情绪，这几天的委屈在突然之间都爆发了出来，她蹲下身子，把脸埋进双膝间，无声抽泣着。

任帅看着宋小朵脆弱的样子，也跟着蹲下身子，轻轻拍着她的后背，试图给她一丝温暖。

许久，宋小朵才终于平复了过来，说道：“那天，我终于告诉他我的感情，可是他不接受，因为他有女朋友了，我告诉他，我再也不要见到他，或许，今后我们不会再相见了。”

“小朵，尝试忘记他，尝试忘记那段感情，好好活出来，你值得更好的。”任帅安慰着，也鼓励宋小朵能给他一个机会。

宋小朵缓缓抬起眸子，泪眼婆娑地看着他，样子有些狼狈，可是她不在乎，她定定地看着任帅，问道：“我真的可以吗？”

任帅伸出食指，轻轻为她擦拭脸上的泪痕，笑着问道：“不试过你怎么知道可以不可以呢？”

“可是，这样对你不公平。”她心里爱的是路远，如果现在接受任帅的感情，对于他而言，是不是太不公平了，任帅是个好男人，他值得更好的。

宋小朵不敢再想下去，任帅宠溺地笑笑，说道：“只要你肯给我机会，那这就是公平的，起码我有了一个机会可以和别的男人公平竞争啊，不是吗？”

“任帅……”宋小朵唤着他的名字，感动得无法说出话来。

任帅换上一副正经严肃的表情，然后对小朵说道：“小朵，请你接受我，做我的女朋友，我保证会永远爱你，呵护你，不让你流一滴眼泪。”

宋小朵静静地看着任帅，望进他眸底深处的情深义重。刚经历过表白失败的她明白被拒绝是多么的残忍，而被拒绝后，两个人可能就再也不是朋友了。

许久，她才终于开口说道：“我答应你！”

听到宋小朵说同意，任帅开心得像个孩子，拉起宋小朵的手站起身，然后兴奋地说道：“走，我们要去庆祝一下。”

“又要去哪儿啊？”宋小朵问道。

“去游乐场庆祝。”任帅开心地说道。

宋小朵被任帅牵着，一抹淡淡的笑划过唇边，或许她的选择是对的，她和路远之间，快十年了，但是又如何呢，始终还是没有结局。路远有女朋友，而且即将谈婚论嫁，她又何必去破坏人家，而且路远父亲的话犹在耳畔，她不想做介入别人感情的第三者 。

而如今，她是应该放开心，和眼前这个爱她的人好好相处。既然不能选择爱人，选择被爱会更加幸福。就像人家经常说的，被爱总比爱人来得幸福。

任帅真的带着宋小朵来到游乐场，宋小朵以为任帅只是开开玩笑说说而已，没想到，他竟然真的带着她来了游乐场，宋小朵有些哭笑不得地问："你说来庆祝，是真的来游乐场庆祝啊？"

任帅点点头，很认真地回答："我当然是说真的，对你，我可从来不说谎啊。"

宋小朵好笑地看了看他，别过脸去，但笑不语。

任帅牵起宋小朵的手，走到售票处，买好票后，他首先带着宋小朵来到过山车的地方，宋小朵不可置信地看着任帅，他该不会打算带着她坐过山车吧？宋小朵不由得打了个寒战。

"任帅，你是说真的啊？"宋小朵怯怯地问道。虽然她宋小朵天不怕地不怕，可唯独这过山车，却是她的克星啊。那种失重的状态让她感觉心都快跳出来了。

"当然是真的啦。"任帅牵着宋小朵的手走到入口处，正确地说，宋小朵是被任帅半拖半拉过来的。

"那个……任帅，我觉得我们还是玩别的比较好。"说着，宋小朵舔了舔唇瓣，眼神透着些许恐惧。

任帅自然看出宋小朵的害怕，可是他有他的想法，他还是拉着宋小朵走进了入口处，一边安慰道："别怕，有我在。到时候你要是害怕，你就放声大叫出来。"两人坐在位置上系好安全带，做好防护措施，任帅拍拍宋小朵的手以示安慰。

很快地，没有时间给宋小朵准备了，过山车已经启动，她紧张不已，随着过山车的加快旋转，宋小朵终于再也控制不住尖叫了起来。

"啊……啊……"宋小朵开始感到恐惧，不敢看下方，闭起眼睛，随着过山车的加速和旋转发出阵阵的尖叫。

"任帅，你这个大坏蛋，啊……"宋小朵骂着任帅。

"是不是特别刺激？"任帅在空中对着宋小朵喊道。

"我只知道我很害怕，啊……救命啊……"宋小朵恐惧地尖叫道。

"怕就喊出来，喊出来就不怕了。"任帅告诉宋小朵。

仿佛过了一个世纪之久，这一轮的过山车终于缓缓停了下来，驶进了轨道里。

宋小朵平复一下自己的心情，尖叫过后，竟发现整个人都轻松了不少。解开安全带走下来，从出口处出来，宋小朵回头看了下自己刚才坐的过山车，瞬间觉得刺激无比，而且刺激过后，她竟感到前所未有的轻松。

"怎样？是不是觉得坐了一次过山车后，感觉整个人都特别轻松，没有烦恼了？”任帅看着宋小朵问道。

宋小朵缓下心情，想了想，才终于明白任帅的用心良苦。

“谢谢你。”宋小朵衷心地说道。

“跟我还需要客气吗？”任帅笑着回答。

任帅是有意安排让宋小朵解压的，他不是不知道她害怕坐过山车，但是他还是带她来了，因为人在恐惧的情况下就会不由自主地把心中的情绪大喊出来，这样心情就会放松，任帅知道她心里难受，他特意安排来游乐场庆祝，实际就是要帮她把所有的烦恼都宣泄出来。

任帅的用心，宋小朵很感动，笑道：“我发现，我的选择或许是对的。”

任帅挑了挑眉，说道：“现在就决定对我要托付终身了，看来我的魅力大大增加了啊。”

听到任帅的话，宋小朵不禁好笑，说道：“臭美！”

“怎样？还要不要玩其他的项目？”任帅扬扬手中的券，侧颜问道。

宋小朵笑了笑，开心地说道：“肯定要啊，难得来放松一下，不玩多可惜啊。”说着，宋小朵拉着任帅便走。

3

回到仙峪村，路远先是去了村委会办公室，杨会计和冯媛都在办公室里忙活着，见到路远进来，杨会计打招呼说："路助理早啊。"

"早啊。"路远笑着回答。

路远坐在自己的位置上，翻阅着项目的资料，冯媛走了过来，问道："吃早餐了吗？"

路远点点头，并没有正眼看她，径自翻看着资料。

"路助理，我去村民家办点儿事。"杨会计说完拿着资料起身出去了。

"好，辛苦你了。"路远笑道。

杨会计笑着轻拍了下路远的肩膀，便出去了。办公室里，只剩下冯媛和路远两个人。

"路远，你昨晚喝了不少酒吧？"冯媛问道。

路远挑眉，有些诧异，回头望向冯媛，反问道："你怎么知道的？"

冯媛扑哧一笑说："你信不信其实我是闻到你身上的酒味了。"

路远抬起袖子轻嗅了下说："没有啊。"他明明是洗了澡换了衣服才出门，怎么会有酒味？

看到路远真的信以为真，冯媛开心地笑道："你还当真了啊？其实是昨晚叔叔问我是不是跟你在一起，说你参加朋友结婚典礼了，还没回来，担心你，所以打电话给我的，今早你又晚到了，我就估计你昨晚喝多了。"

"还好，也没喝多少。"路远淡淡应道。

冯媛没有说话，看了下路远，欲言又止。沉默许久，她才终于开口小声地问道："路远，那个……我们要调出去的事儿，叔叔怎么说？"

路远缓缓地回头，望着冯媛，反问道："你真的很想调出去吗？"

"难道你真的要在这儿做一辈子的村官吗？这能有什么出息？"冯媛没有正面回答他的话。

冯媛一脸的不理解，一辈子困在这个小村庄里边，能有什么出息？她真的无法理解路远的想法。

"我觉得挺好的。"路远淡淡地说道。

"有什么好的？一辈子窝在这么个地方，以后能有好的生活才怪！"冯媛反驳道。

"你不会懂的。"说完，路远便起身越过冯媛，走了出去。

冯媛看着路远的背影，心中顿生不解和气愤。

路永明从医院走出来，手里拿着检查报告单，一脸的沉重。脑海中回响起和医生的对话，慢慢地，神情变得从容起来。

“您得的是肝癌，我们建议，最好立即办理住院，接受化疗。”

“接受化疗，有多少成的机会？”

“这个我们也不敢断定，从医学的角度来看，您已经是中晚期了，如果不接受化疗，您至多只剩下三个月的时间了。”

“三个月？”

“是的，三个月，所以我们建议您还是接受治疗，起码能延长时间。”

路永明颤抖地接过化验单，三个月，还有三个月。他没有牵挂，除了路远。工作上的事情交接清楚，自然有人接手去做，唯独路远，他还那么不成熟，不理智，自己如何放心得下。

路永明独自一个人在街上走着，只是一个人静静地走着。脑海中浮现了太多的画面，都是关于路远的。

他知道，在路远的心中，他从来不是一个好父亲，路远心里怨他恨他，可是，他却不懂他。

路永明不知道自己走了多久才回到家里，坐在客厅里边，他再拿起报告单，看了一会儿，又拿着化验单走进自己的房间，小心翼翼地把化验单放好，眼睛瞥到旁边的那本日记本，他再次小心翼翼地翻看了下，脸上尽是慈爱。

突然，听到大门被钥匙开锁的声音，路永明赶紧把日记本上锁放好，然后若无其事地打开房门走了出去，看见路远下班回家了。

“回来啦。”

“嗯。爸，您今天回来得那么早？”以往，父亲大多数时候都在单位上加班，甚少准时下班的，今日见到父亲比他还早回到家，觉得有些诧异。

“哦，今日单位里没什么事，就准时下班了。”

路远看了他一眼，点点头。然后回到自己房间放好东西，简单地梳洗一下，再出来时，就看到父亲已经在厨房张罗着晚饭。

路远微蹙起眉头，心里有些诧异和困惑，总觉得哪里奇怪，他走进厨房，靠着门框，问道：“爸，我怎么感觉您今天不太对劲儿啊？”

路永明微微一怔，很快地便恢复了原样，说道：“你多想了吧。还不是跟往常一样。”

“我总觉得哪里不对劲儿？”路远低喃道。

“怎么？我只是提前下班了而已，你就浑身不自在了啊？”路永明反问道。

“不是。”路远没有继续说下去，侧头想了下，便没再多说什么，就走了出去。

饭桌上，路远和路永明像往常一样，面对面吃着晚饭，只是各怀心事。

“路远，看什么时候把冯媛带回家来吃顿饭吧。”路永明说道，语气不容置疑。

路远不知道该怎么回答父亲的话，他和冯媛之间，是不能再继续下去了，只是他不知如何向他父亲开口，至少，要等他和冯媛两个人之间把问题都解决了才能跟父亲说明吧，要不然，还不知道会闹翻什么天呢。

“我跟你说话，你有没有听到？”路永明见路远没有搭理他，加重了语气再说了一遍。

“知道了！”路远回答。

“要是两个人没什么意见，也看看挑个日子把婚事给办了。冯媛是个好女孩，配得上你。”路永明边吃饭边说道。

“爸，您就别管这些事了。”路远停下筷子，十分无奈。

“什么叫我别管这些事，我能不管吗？”路永明也上来了火气，放下筷子吼道。

“我吃饱了，您慢慢吃。”路远无奈，为了避免再起争吵，路远放下碗筷，便走回自己房间里。

“你……”路永明气结，看着路远离开，他放下碗筷，也没了胃口，看着一桌子的菜，心情沉重不已。

路远回到房间，坐躺在床上，思绪万千，拿起手机，打开微信，看到宋小朵的头像，按下几个字：“你好吗？”还没发送出去，随即又被他删除了。

他没有勇气去打扰她的生活，自从那日发生了那样的事情，他这样伤害了小朵，如今还有什么理由再去打扰她，更何况，她也说了，不要再见了。

轻叹一声，路远放下手机，躺在床上，顺手掀过被子蒙住头，不再去想这些烦心事。

日子就这样一天天过去，看似平静无波的生活里，其实很多事情都在悄悄发生变化。

冯媛的调离通知已经下来了，正式调到市区的某单位。冯媛很开心，一切都按照她想要的发展。

可是，路远还是选择留在仙峪村，做一名村官。

两人的选择不一样，思想不一样，自然也很难走到一起。

冯媛拿到通知的当天，便找到了路远说：“我有话想跟你说。”

“什么事，说吧。”路远手上拿着承包项目的资料，不时低头看着。

冯媛看到路远似乎有事要忙的样子，便说道：“这样吧，下班后我在古长城等你，我们再谈。”

路远看了一眼冯媛，同意地点点头，便拿着资料越过冯媛走开了 。

冯媛看着路远急匆匆的背影，不由得坚定了自己的决心。

黄昏，落日把古长城照得有一层朦胧美，昏黄的日光为古长城穿上了一件金色的古装。

冯媛在古长城上等着路远，低头看了下腕上的表，早已过了下班时间，路远还没过来，刚才下班的时候，路远又拿着一份资料去了一个村民家，说是要重新签订承包合同，也说了让她等他一会儿。

冯媛看着路远做这个村官做得有滋有味，不亦乐乎，她更加不能理解，路远的行为在她眼中就是不思进取，没有目标。冯媛不屑地笑笑。

抬眼望去，路远急匆匆地朝古长城奔了过来，看到路远，冯媛微笑。

“抱歉，让你等了那么久。”路远气喘吁吁地说道，“之前村民那边的合同弄错了，今天重新整理了出来，得赶紧送过去签署，这才耽搁了。”

“没事。”冯媛笑笑应道。

“你找我想说什么事？说吧。”路远轻喘着气问道。

看着路远额头上的汗珠，冯媛轻抿了下唇瓣，深吸一口气，终于说道：“我们分手吧。”

闻言，路远怔了下，只是看着冯媛，但是很快地，他便觉得不惊奇了。

“你拿到调离通知了是吧？”路远猜测。

“是的，今天拿到的。”冯媛回答，“路远，为什么你那么固执？就是不肯调离这个小村庄？”冯媛困惑地问道。

“我不是固执，我是找到了自己的目标和定位罢了。”路远淡淡地说道。曾经，他很排斥这个职业和职位，但是后来他才明白，这才是他最好的归宿。

“你这是不思进取！”冯媛不自觉提高了声音。

“随你怎么说吧，每个人都有各自的思想和追求不是吗？”路远不怒反笑。

冯媛深吸一口气，决定一次性把话说清楚，“我要调回市区了，是一个不错的单位，也是我一直想要的单位。我们不是一个层次的人，我们要的从来就不是一样的，我真的不希望我的男朋友这一辈子就只愿做一个村官，没有更远大的追求和目标。所以，我觉得我们不合适，分手吧，祝你幸福！”

路远只是笑笑，点点头，没有多说什么，只是简单回应了一句：“也祝你幸福！”

之后，两个人相互转身背对着彼此，一个人一个方向地转身离开，一如两人的思想和生活一样，今后将不会再有交集。

路远回到家里，看到父亲坐在客厅里看着新闻，他打了声招呼：“爸。”

“嗯，回来了。”路永明没有看向他，嘴上只是应着。

“我先进去了。”路远说道，欲转身回自己房间，却被父亲路永明叫住了。

“路远，明天让冯媛来家里吃顿饭，记住了，等会儿打个电话给她。”路永明用坚硬的语气说道，不给路远反驳的机会。

“爸，您怎么突然就想让冯媛来家里吃饭了啊？”

路永明看了他一眼，回道：“什么突然！我之前已经跟你说过很多回了，可你呢，就是当作了耳边风，你自己说说，你和冯媛在一起那么久了，你有带人家回来吃过一顿饭吗？”

听到父亲的话，路远微微一愣，心情有些烦躁，父亲咄咄相逼，这件事拖下去也不是个办法，想来择日不如撞日，也是时候把这件事跟父亲说清楚了，要不然，他一直误会着，会更糟。

“爸，我和冯媛分手了。”路远终于说出口。

路永明闻言，瞪大了眼睛，站起身，走到路远面前，一脸不可置信地问道：“你说什么？”他刚才说，他和冯媛分手了？他确定没听错？

“我和冯媛不合适，分手了！”

话音刚落，一个清脆的巴掌声响起，紧接而来的，是路永明的怒吼声：“你为什么和冯媛分手了？”

路远看着自己的父亲，感觉到自己吃痛的脸颊，他自嘲地说道：“是冯媛要分手的！”

“不可能！”路永明立即否认，冯媛是个好孩子，和路远一起那么多年了，怎么可能轻易说分手。

路远轻扯嘴角，说道：“冯媛要调回市区了，可我选择留在仙峪村，我们观念不合，思想不合，分手是再正常不过了。”顿了下，路远继续说道，语气有些埋怨：“爸，您总说我和冯媛合适，在您眼中，我和冯媛是最匹配的一对，可是您知道吗？您的想法不代表就是对的，冯媛很好，可是我和她的观念、理想、信念都不一样啊，注定是走不到一起的，可您呢，却一味将您的想法和意念转加给我。”

路永明沉默不语地看着路远。

“爸，我是个有自己感情的人，我不是木偶，您总是把您认为对的都强加到我身上，您要的不是一个儿子，不是一个有血有肉有思想的儿子，您要的是一个傀儡，一个任您操控的傀儡。”路远说出了自己的心声。

“你……你知道不知道自己在说些什么？”路永明有些气结。

“爸，我很清楚我在说什么，我也知道，我冲撞您了。可是有些话，我不得不说，爸，我长大了，请别再干涉我的人生，请您让我为自己的人生活一次，做一回主。”路远一次性说出自己的心声和想法。

“终有一天你会明白的。”说完，路永明黯然转身离开，回到自己的房间。

路远烦躁地抓了下头发，也转身回到自己的房间，关上门后他百感交集。

他和冯媛分手了，正式分手了！他终于把感情问题处理好了，他和冯媛不适合，之前他一直怕伤害冯媛，也害怕伤了父亲的心，所以他一直不敢正视自己的感情。

不得不承认，当冯媛开口跟他提分手的时候，他觉得很轻松，冯媛和他不是一条路上的人，如今他们分开了，也算是好事。

打开手机微信，路远想发信息告诉宋小朵，但是连续几次打好了字，都没有勇气发出去，只好一次次按下删除的按键。

或许现在的宋小朵过得很好，或许她已经和任帅结婚了，或许……路远的心里，闪过太多的或许，始终没有勇气联系宋小朵。

冯媛调走了，路远还是一如既往地做着他的村委会主任助理，他一心一意为村民做事，谋福利，专心把项目做好，只为让村民的信任得到回报。

日子就这样在无波不惊中慢慢过去，但是在每个人心里，许多事情却已经在发生变化。

第五年，第五天

1

仙峪村村委会办公室内，路远正在看着村里旅游项目的资料，放在办公桌上的手机突然响起，路远放下手中的资料，一个陌生号码，他以为是广告推销的，接通后电话那头一个焦急的男音响起：“喂，是路远吗？”

“是的，请问你是……”路远狐疑地拧眉问道。

“你赶紧来崇文门医院，你爸路局长晕倒送进医院了。”

路远怔住了，拿着手机的手有些微颤，他挂下电话，飞快地朝外面奔去。

父亲进了医院！这到底是怎么一回事？

路远以最快的速度坐车来到市区，心急如焚的他一刻不敢耽误。终于赶到了医院，他一冲进医院，便问护士站的护士：“请问路永明在哪里？”

护士看到路远的样子，也不敢耽搁，连忙帮他查看：“在二楼 201 房。”

路远赶紧奔向二楼，刚好看到医生从 201 房出来，他一把抓住医生问道：“医生，我是路远，路永明的儿子，我爸现在怎样了？”

“肝癌晚期，由于他同时患有高血压，现在已经陷入了昏迷。”医生边说边摇头，表示无能为力。

听了医生的话，路远脑子轰的一声，整个人犹如五雷轰顶般，肝癌晚期！怎么会突然这样？

“三个月前已经检查出来，当时我们就建议立即住院接受治疗，可是路先生没有给我们答复。”医生如实说道。

肝癌晚期！路远的脑海里一直回荡着这个声音，他跌跌撞撞地走进病房内，看着插满管子却陷入昏迷的父亲，路远觉得从来没有过的心痛。

他的父亲，怎会变成这样？他突然之间特别怀念起那个不苟言笑、严厉苛刻的父亲，可是，他如今却躺在病床上，显得那样脆弱。

路远坐在病床前，眼含泪光，哽咽地低喃：“爸，您这是怎么了？”

回答他的是病房的寂静。

“为什么你都没有告诉我？三个多月前的事情了，你都没有告诉我。”说着，路远双手捂着脸，声音有些沙哑。

突如其来的噩耗让路远手足无措，这样的打击对于他来说真的太大了。

路远冷静了许久，终于抬起头来，他看了看病床上昏迷不醒的父亲，蓦然起身，走出病房，他找到主治医生，沉声问道：“医生，你告诉我，我爸醒来的机会有多少？”

医生看了看路远，然后如实地回答：“机会是零！路先生本来已经是肝癌晚期，如今又突发脑溢血，即使是做开颅手术，最好的结果就是成为植物人，但是肝癌……”医生顿了下，继续说道：“一般人都知道，只要是癌症晚期，就表示已经错过了最佳的治疗时间，所以……”医生没有继续说下去，摇摇头表示无能为力。

路远明白了医生的意思，起身的刹那，根本站不稳，整个人的身子都在摇晃，只能扶住冰冷的墙壁，跌跌撞撞地走出医生值班室。

路远逼迫自己去接受这个事实，可是真的很难。冰冷袭击而来，从来没有像这一刻般痛彻心扉。

路永明病倒后，路远把医院当成了家，守在父亲的病床前。这日，路远依旧在服侍着路永明，路远打了一盆水，为父亲擦拭手脚，边擦拭便说道："爸，我们村现在发展很好，项目开展之后，村庄几乎可以说发生了翻天覆地的变化，村民们的生活也是越来越好。"

"我相信您肯定也会很开心的。"路远笑着对路永明说。说着，他顿住了擦拭的动作，看着父亲依旧昏迷不醒的样子，一阵阵心痛。

擦拭完，路远正准备把水端出去，站起身，特意看了一下生命检测仪器，路远瞪大了眼睛，惊慌失措地跑出去唤来医生。

医生在听闻路远的呼救后，连忙跑了过来，然后看了下检测仪器，说道："快，快，准备抢救。"

路远被医生请了出去，他透过透明的窗户看到医生在对父亲进行抢救工作，一脸着急和惊慌。

路远心急万分，在心里不断祈祷父亲平安无事。仿佛过了一个世纪之久，病房的门终于被打开，主治医生走了出来，路远赶紧迎了上去，问道："医生，我爸怎样了？"

主治医生缓缓摘下口罩，看了路远一下，无能为力地摇摇头说："我们尽力了。"

路远一听，整个人像处于崩溃的边缘，抓住医生的手，哀求道："医生，求求你，救救我父亲，求你了。"

"我们真的尽力了，请你节哀。"医生无奈地说道，随后便离开了。

路远看着医生离去的背影，整个人脑子一片空白，不可置信地看着病房里的父亲，他脚步不稳，跌跌撞撞地走了进去。短短的几步路程中，路远好几次跌坐在地上，好不容易进到房间，看到父亲没有了呼吸，一动不动地躺在病床上。路远痛心万分地走上去，哽咽道："爸，您醒醒，别走。对不起，爸，对不起。"

可是路永明却永远不会再回应他的话了。

"爸，您起来啊，您起来和我说说话，哪怕您骂我。您起来啊，以后我都听您的，绝对不再惹您生气了。"路远痛苦地流下了眼泪。

即使多么想挽留，多么渴望父亲不要离开，可是，现实那么残酷，总是逼着我们不得不去接受。

路永明还是永远离开了，从昏迷到去世，只有短短而又漫长的一个星期。路远独自一人承受着这一切痛苦，打理父亲的身后事。

一身黑衣，路远站在墓碑前，看着墓碑上父亲的遗照，心痛万分。可是又如何？上天还是夺走了父亲的生命。

“爸，虽然您没有给我留下一句话的遗言，但是您想说的，我都知道了。您在天堂那边跟妈好好在一起，别担心我，我不再是以前的那个路远了。”路远叹息一声，继续说道：“我递交了入党申请，这回，不是您逼我的，是我自愿的。我想为仙峪村的村民做一点儿事。”

仰望天空，仿佛看到了父亲在对他微笑，是欣慰是安心。

路远上前一步，伸手轻抚着父亲的墓碑，轻抚过父亲的照片，停留片刻，路远才终于转身离开。

路远家的公寓楼下，一辆豪车停放着，只见豪车里的女子不时地透过前挡风玻璃看向窗外。

路远从墓地回到家中，一脸严肃地走来。

冯媛坐在一辆豪车上，打扮时尚靓丽，与在村里时大相径庭。看到路远走近，她急忙下车，挡在路远面前。

“路远……”看到路远严肃憔悴的模样，冯媛轻声唤他的名字。

路远失落走来，并无心情留意豪车，直到冯媛下车挡在他面前，他才抬头看到她，微微一怔，面无表情，冷冷地说道：“不是说过，分手后不相互打扰吗？”

他和冯媛之间早已没有任何关系，当初她要调离村庄，她率先提出了分手，因为她无法忍受自己男友这般，一辈子只甘心当个村官。

冯媛听到路远冰冷的语气，没有生气，只是声音放轻，略带悲伤地看着路远：“我……过来看看你。”

她从同事口中得知，路远的父亲去世了，她便想来看看他。虽然做不成情侣，但路永明在冯媛的调岗事情上帮了很大的忙。

路远看了她一眼，沉默片刻，才开口道：“谢谢。”

冯媛微垂下眼睑，心中有些愧疚，饱含歉意地问道：“你还在生我的气？”当初，她为了前程选择和路远分手，那样决绝，分手的第三天，她便离开了仙峪村，来到市区一家单位上班。如今，她得到了自己想要的，一切都照着她的规划在有条不紊地进行着。可是，她的心中还有一样事情没有放下，便是路远，时隔一年，她始终没有勇气问出口，他是否还在怪她当初的选择和决定？

路远理解地说道：“你的选择或许是对的，人各有志……”是啊，每个人都有自己的想法和志向，冯媛没有做错什么，她只是在追求她想要的生活和理想罢了。

听到路远的话，冯媛的心终于放了下来，她毫不掩饰地坦言道：“离开农村一年了，不瞒你说，我过得很好，所以，真的不理解男朋友不思进取，当村官都能当出使命感……”

路远无奈一笑，然后出言纠正冯媛的说法：“对不起，是前男友。”

冯媛听闻，默然不语。

路远叹了口气，也没有再多说什么，只是想起了自己的父亲，有些悲伤地笑了笑：“谢谢你今天来，我爸知道了应该会开心的，毕竟他……生前那么喜欢你。”说完，路远没有再停留，径自转身进楼了。

冯媛哑口无言，目送路远进入楼道，眼神透着复杂而难解的情绪。

回到家中客厅，看着路永明的遗像，他慢慢走近，凝视遗像，眼睛湿润了。

路远还是不能习惯，一回到家迎接他的只有满室孤寂和宁静，只有他一个人。靠近遗像，路远轻轻摩挲着镜面中的父亲，眼睛愈发湿润，心情复杂。

他没有回自己的房间，而是来到父亲的卧室，推门而入，满室的黑暗让他心中悲痛。他打开灯，缓缓走了进去，站在父亲的床头，一只手摩挲着枕头，仿佛还能感觉到父亲的温度，感觉到父亲还没有离开。路远缓缓坐下，红了眼眶，坐在父亲简陋的卧室床侧，悲伤地环顾四周，心中一阵阵悲凉。

他从来没有认真去看过这个房间，似乎也从来没有认真看过父亲，原来这房间是那样简陋，路远呆坐在床侧，看着这卧室四周，仿佛在每个角落都有父亲的影子。

屋里整整齐齐地堆放着父亲的遗物。

路远整理父亲的遗物，突然被一个破旧的彩色日记本吸引，他伸手拿起来，这个日记本似曾相识，他轻轻拂过封面，只见日记本封面上歪歪扭扭地写着他的名字。

路远有些诧异地翻看，看到是自己曾经的日记本，那是很久以前就被他丢弃的日记本，当时他只是写了几篇便没有再写下去。

他一直都没有学会过“坚持”这两个字。

路远又翻了几页，像看到了什么，突然惊讶地快速往后翻，停在某处。

日记本上像模仿着他先前的几篇日记一样，写着几行字，平凡而又深刻。

“小远今天拿到了大学的录取通知书，他特地来给我看，我只对他点了点头。他好像很失望，其实我是想说，我真的很为他感到骄傲。”

是父亲写的，当时他拿到了国外某大学的录取通知书，他很开心很激动，他迫不及待地特地拿过去给父亲看，以为父亲会给他鼓励和表扬的话，但是没有，父亲只是神情淡淡地点了点头，并没有过多的情绪。当时他看到父亲的模样，内心失望，就好像头顶瞬间被浇了一桶冷水般，他记得，当时他失望万分地走出了父亲的房间，没有多说一句话。自此，他有任何的荣耀，都没有再和父亲分享过。因为他觉得，父亲根本就不在乎。

路远红了眼眶，原来他错了！父亲为他骄傲，只是没有明说罢了。父爱的深沉，原来便是如此。

路远眼眶有些湿润，继续往下翻。

“今天小远和我吵架了，他的性格和他妈一样，看似很好说话，可又犟得很。以前我们父子就很少说话，他妈走后，我就更不知道怎么跟他交流了。他说我绑架了他的人生，我想了一夜，他说的可能是对的，可我希望他终有一天能明白我的良苦用心，恨我也没关系，我只想他过得好。”

……

“今天去医院做了检查，看来剩下的时间不多了。原本以为可以看着小远成家立业，现在看来是等不到了。需要教他的事情太多了，不过在工作上，我相信他一定是可以有所作为的。

“儿子，我这一辈子，活得坦坦荡荡，没有什么可挂念的，唯一放心不下的，只有你一个人。如果有一天你看到这些，爸爸只想对你说一句：儿子，爸爸对不起你。”

路远把父亲的心情全部看完，悲痛欲绝，他合上日记本，靠在床头，强忍住心中的悲伤，硬是不让自己流泪。

原来，一直不明白的人是他！他从来看不懂父亲的心，看不懂他的用心良苦。以前，他总爱说是父亲绑架了他的人生，总要他按照他的规划去走，为了这个，他和父亲争吵过很多次，多得自己都快数不清了。可是，父亲的用心良苦，他又何尝去了解过？他只会责怪、只会怨恨，可是，错的人是他啊！

路远压抑住悲痛心情，缓慢地收拾父亲曾经用过的日常用品，点点滴滴尽是怀念和愧疚。

2

宋小朵和任帅从萧山机场出来，拦了辆出租车回宋小朵家。

出租车内，任帅握住宋小朵的手说："这可是我第一次见你父母啊，你说你父母见到我，会不会有人家说的那样，丈母娘见女婿，越看越中意啊？"

宋小朵禁不住地笑笑，白了他一眼道："你能不能别臭美了？"

"我这哪是臭美啊，我说的是实话啊。"任帅一脸无辜地看着宋小朵。

宋小朵笑道：“你待会儿要是见到我爸妈，还是这副不羁的样子，我想，不只你刚才的臭美落空，你可能会被扫出家门。”

“那被你这么一说，我得一本正经，一脸严肃样才行了。”说着，任帅放开握住宋小朵的手，然后再摆正一下自己的衣服，整理好自己的仪态，表情严肃地目视前方。

宋小朵见到他搞笑的样子，忍不住开怀大笑。

看着宋小朵开心不已的样子，任帅也跟着心情好。

一辆出租车缓缓驶来，在杭州西湖区的一个小区前停下，任帅从后备厢拿下行李，然后和宋小朵手牵着手走入小区。

“小朵，我的宝贝女儿，你终于回来了！”宋小朵的妈妈赶紧迎了上来，然后迫不及待地和宋小朵拥抱一下。

“妈，我可想您了！”宋小朵撒娇地说道。

“就只想你妈，不想你老爸啊？”一道浑厚的男声响起。

宋小朵顺着声音看过去，看到自己的父亲正朝自己这边大步走来，一脸掩不住的喜悦。

宋小朵连忙迎了上去，一把撞进老爸的怀里说：“哎哟，我怎么可能不想老爸吗，可想可想了。”

说着，全家人都忍不住笑了起来。

像想到什么，宋小朵离开父亲的怀抱，然后走到任帅的身边，向父母介绍道："爸、妈，这个是我男朋友，任帅。"

"伯父伯母你们好，我是任帅，小朵的男朋友，实在抱歉，现在才来拜访你们。"任帅大方地和小朵家人打招呼。

"没事没事，我们都知道你们工作忙，没关系的。"小朵妈妈笑道。

任帅和小朵父母相互寒暄着。

突然，宋小朵口袋里的手机铃声响起来，她走到旁边，掏出手机一看，手机屏幕上显示路远的名字，心中一怔，思虑片刻。正考虑要不要接的时候，小朵妈妈走了过来，亲昵地责备道："别玩手机了，赶紧招呼任帅回家！"

宋小朵犹豫片刻，将手机挂断了，然后拉着任帅说："走吧，我们先进去，在这儿站着聊多累啊。"

任帅点点头，望向小朵的父母，说道："伯父伯母，你们先走。"

宋小朵的父母脸上笑开了花，宋小朵虽然心念着刚才路远的电话，但是见到这个场景，还是先抛开所有烦杂的思绪，随家人热热闹闹地进入楼内。

一进入家门，宋小朵的父母连忙招呼任帅坐下，然后泡茶。

"伯父伯母，你们别那么客气，这样弄得我都不好意思了。”任帅不好意思地说道。

“没事没事，你就当自己家就好了。”小朵妈妈笑道。

“妈，您这热情样吓坏人家了。”宋小朵坐在一旁打趣道。

“你别乱说！”小朵妈妈瞪了一眼宋小朵。宋小朵耸耸肩，看着任帅，两人相视一笑。

“我前天听到小朵说要和你一起回来，我可高兴了，我们小朵啊，终于肯带男朋友回家了。”小朵妈妈乐开了花。

“妈，您怎么说得我没人要，嫁不出去似的。”宋小朵娇嗔地说道。

“我也没说错啊，任帅，你可多包涵着点儿。”小朵妈妈笑道，看向任帅。

“伯母，您放心吧，我已经做好了心理准备，让小朵欺负一辈子。”任帅幽默地说道。

他们两个的一唱一和，让一旁的宋小朵气得简直要跳脚，然后一家人你看我，我看你的，不禁大笑。

路远回到卧室里呆坐着，悲痛的心情，孤寂的家里，让他无所适从，此刻的他就像是一个被人遗弃的小孩子一般，孤独无助。

他颓废地放下手机，许久，路远才重新拿起手机，点开微信，对着手机说话。

“小朵，我从来没有像今天这样想见一个人，想见你！我爸不久前去世了，熬了三个月……他说解脱了，却留下我一人……还有，我和冯媛也分手了，似乎分得理所当然……”

说着，说着，路远顿了下，回忆起去年的今天，和小朵一起发生的一幕幕，痛彻心扉。

路远再次拿起电话，对着手机说话：“我们每年 8 月 8 日见面的缘分，看来到去年的今天，就已经终结了……对不起，我的确不该打扰你的生活，希望你幸福，再见。”

他真的是个懦夫，是个胆小鬼，时至今日，竟然还要打扰宋小朵的生活，去年已经说过不要再见面了，他却还抱着最后那一丝丝的希望，或许还能见宋小朵一面，但是他心里明白，他不应该再去打扰小朵的生活。听朋友提起过小朵，说是和任帅在一起了，两个人过得很幸福，那他现在的这种行为又算什么呢？这对小朵而言，不又是一种伤害吗？路远闭上眼睛，陷入沉思。

许久，路远才从卧室走了出去，来到家中的客厅。站在柜子前，拿起路永明的遗像，用一块毛巾小心擦拭。

此刻，他的心中闪过内疚、悔恨、自责的情绪，几乎将他淹没。

看着父亲的遗像，路远轻轻擦拭着，眼眶有些湿润，神情悲伤，有些哽咽地轻喃道：“爸，以前没这么好好看过您，照片上挺帅的。我啊，终于让我们村脱贫了，也不用再听您的话了，但我不会离开村庄的，我现在已经长大了，也入了党。我知道您一直都对我好，也明白您的良苦用心，入党啊，当村官啊，您说的都是对的，我过去还不知好歹地责怪您。可您要知道，从小到大，不管我怎么烦您恨您，在我心里，您永远是这个……”路远对着遗像竖起大拇指，嘴角努力堆起笑，眼睛里泪花闪烁。

“爸，我从来不知道，原来我和您，也能说那么多话，原来我们父子之间也是能如此聊得来，可是，一切都太迟了。”说着，路远眼中泪花闪烁得更加厉害。

他轻轻地把父亲的遗像放回到原位，深深地凝视一眼，转身便离开家门。

此时的他，真的需要酒精来麻醉一下自己。

是的，他可以去找余帆，他的好兄弟余帆。想着，路远便走了出去。

路远垂头离开，心情异常沉重，思绪复杂，走到小区门口的时候，低头而过，却没发现，有个人急匆匆地跑来，两人就这样擦肩而过。

宋小朵想起了什么，将微信打开，而任帅继续陪小朵父母聊天。但是，任帅的目光却始终没有离开宋小朵。

宋小朵一愣，慌忙踱步离开一些。打开一看，微信竟全部都是路远发的。她一怔，有些迟疑地缓缓打开微信，听着路远发来的语音信息。

任帅回头看过来，目光关切地追随着她。

小朵妈妈随着任帅的目光望去，看到宋小朵站在距离他们几步之遥的地方发愣，她回头喊："小朵！"

沉浸在路远语音里的宋小朵恍若未闻，仿佛她的世界里只有她自己的存在。

小朵妈妈看到宋小朵无动于衷，有些尴尬，然后回头对任帅说道："任帅啊，小朵就那样子，有时候心不在焉，反射……反射啥来着？"小朵妈妈认真思考着，一直想说出那个名字，却怎么也想不起来。

"反射弧？"任帅猜测道。

小朵妈妈恍然大悟，回道："对，反射弧太长，你多担待一些！"

宋小朵还是站在原地聆听路远的微信语音，越是听着越觉得不对劲儿，她表情骤变，急忙拨打路远的电话。

电话那头却一直无人接听。他为什么不接我的电话？是手机不在身边？

宋小朵满脑子想的都是路远微信语音里边的话，原来路叔叔去世了，这对于路远而言，是多大的打击啊，可是他只有一个人，这么艰难的时刻，他只有一个人。微信里说，他和冯媛分手了，虽然具体的原因是什么她不知道，但是她却想起去年的今天，她和路远在雨中的情景，路远说，他会处理好这些事情，如今，他在双重的打击下，却要独自面对这所有的痛苦，而此刻，她却不在他身边。

回忆起这几年的点点滴滴，宋小朵感慨万千，她深吸一口气，终于做出了一个决定。

宋小朵朝任帅和家人方向看了看，随即下定决心，打开手机 APP 购买飞北京的机票，发现短期内票已售罄，焦虑不已。

任帅陪着小朵的父母逛商场的时候，宋小朵一直落在后面几米，一直在翻着手机。

任帅感觉到什么，他温暖地望着宋小朵，似乎已猜到了大概。宋小朵也转身面对任帅，却不知从何开口。看着任帅，宋小朵除了内疚还是内疚，任帅很好，是个男朋友甚至是丈夫的理想人选，可是，她注定要辜负他了，因为早在几年前，她的心就已经给了别人。如果没有路远，她会接受任帅，可是没有如果，她爱的由始至终都只有路远。

宋小朵沉默一会儿，才终于鼓足勇气，充满内疚地说道："任帅，对不起了……"

任帅意识到什么，却还强作淡定地轻声问道："还是因为他？"

他知道宋小朵爱的还是路远，即使过去一年了，她还是忘不了他，即使他伤害过她，但是宋小朵心心念念的还是路远，还是当初她爱的那个人。不管他付出多少，不管他多么优秀，在宋小朵的心目中，他还是比不上路远。

宋小朵抱歉地点头，情绪愈加焦虑，想到路远现在的处境和心情，她心急如焚，一颗心都揪在一块儿了。

她咬咬唇，眼神充满着坚定，说道："我心里很明白，他爱的是我，只是他的责任感很强，所以当初在他还有女朋友的情况下，他不敢和我在一起。如今，他们分手了，而且，他父亲去世了，他只有一个人，而我，想陪着他，陪着他度过这最艰难的时刻，即使到最后，我们还是不能在一起，我也无怨无悔。"

听到宋小朵的真心话，任帅有些震撼，宋小朵就是这么一个敢爱敢恨的人。

任帅笑笑，笑容中有些苦涩，他极力压下自己心中的苦涩，仍然关心地问："有什么我能帮你的吗？"

宋小朵尴尬地说："到北京的机票，今晚8点前的都没了。"

任帅迟疑片刻说道："买高铁票啊，又快又舒服！"说着，便掏出手机订票。

看着任帅订票的样子，宋小朵百感交集地注视着他，轻声说道：“任帅，对不起，我已经很努力地去爱你了，可我还是做不到。”

听到宋小朵的话，任帅不禁苦笑道：“我还以为你真把他忘了。”去年，宋小朵和他在一起的时候，他简直不敢相信，因为他知道，小朵的心里爱的一直是路远，可是突然答应和他在一起，他很高兴。他相信，他一定能让小朵忘记路远，继而爱上他。一年的时间过去了，他以为小朵真的忘记了路远，原来，小朵从来没有忘记过他，反而是爱得更深了。

宋小朵充满歉意地低头一遍又一遍地重复道：“对不起，真的对不起……”

任帅笑笑，故作轻松地说道：“没关系的……”内心其实苦涩不已，只是他不想让小朵心存内疚，不想让小朵不开心。

这时候，一辆网约专车驶来，停在了小区门口。

宋小朵正欲上车，但是突然想到一件事，极其为难地说道：“可我爸妈那里……”她已经带任帅回去见过他们了，在他们眼里心里，或许已经认定任帅就是他们未来的女婿了，可是如今，她却和任帅分手了，就这样抛下任帅去面对她的父母，她觉得对任帅很不公平，可是路远那边……

任帅知道她的顾虑，说出让她安心的话：“你就放心走吧，我会处理好的。”

听到任帅的话，宋小朵内心十分动容，她迟疑一下，上前和任帅拥抱，感激任帅为她做的一切一切。可是爱，她这辈子是注定不能给他了。

任帅一愣，没有想到小朵会突然给他拥抱，反应过来后，任帅强作笑颜轻轻拥抱一下小朵，然后催促道："快去吧，小心晚点了！"

宋小朵点了点头，离开任帅的怀抱，然后上车前往高铁站，直奔北京寻找路远。

任帅看着宋小朵上车，然后车子渐渐消失在他的视线中，他慢慢收起笑意，一脸惆怅地看着天空。

北京南站，一列高铁进站，宋小朵匆匆出站，期间不停地拨打路远的电话。

可是传来手机提示音：您拨打的电话已关机，请稍后再拨。

宋小朵欲哭无泪，焦虑万分，她不停地拨打着电话，可是对方的手机都是处于关机的状态。

宋小朵不知道还有什么方式能联系到路远，想了想，然后凭着记忆决定去路远的家。

做出决定后，她连忙拦了一辆车，然后往路远家的公寓驶去。终于到了熟悉的街道，宋小朵下车小跑而来，来到路远家楼下。

宋小朵气喘吁吁地跑上楼，来到路远家门口，使劲敲门却无人回应。敲了许久，还是无人回应，宋小朵累得垂下手，整个人的精神状态显得疲惫不堪。

在确定路远家没有人后，她从楼道里走了出来，无助地在楼下徘徊，禁不住哭泣。

路远，你在哪里？你到底在哪里？宋小朵在心里呐喊。

今天是8月8日，是他们约定的日子，可是，今日他们却没有见面。宋小朵走出了路远家的小区，来到上次见面的酒店，一切是那么的熟悉，可是那个熟悉的人，却不在身边。

去年的今日，他们说过，彼此不要再见面，今年的今日，他们真的没有再见面，是命中注定吗？可是，为什么，他们明明就是相爱的，为什么要让他们相爱却不能在一起？

宋小朵坐在酒店的沙发上，然后拿起手机再次拨打路远的手机，可是手机语音的提示还是那一句：您好，您所拨打的用户已关机，请稍后再拨。

路远，你真的忘了我们的约定了吗？真的希望我们从此再也不要见面吗？宋小朵在心里问道。手机上的时间显示23:56。时间滴滴嗒嗒地过去，每一秒都敲打着她的心，是那样沉痛。宋小朵坐在空无一人的角落，难过地低头看着手机屏幕。

直到屏幕上的时间从“23:59”变成“00:00”。

8月9日了，宋小朵垂下拿着手机的手，不由得难过地伤心低泣。他们的约定，从约定的那年起，每年的8月8日，谁也没有失约过。可是今年，他们却没有再见面，或许，今后的每年，他们都不会再见面了。

宋小朵黯然起身，脸上还挂着抹不去的泪痕，她失魂落魄地游走在街道上。

3

嘈杂的酒吧内，路远和余帆都喝了很多酒。

两个人都喝多了，相互搂着肩膀走出酒吧。“余帆，谢谢你陪我出来，肯陪我大醉一场，你知道，我现在实在太需要酒精的麻醉了。”路远感激地对余帆说道。

“说的什么话，咱俩什么关系啊，是吧。”余帆豪气地回道。

路远跌跌撞撞地走着，手里还提着酒瓶喝酒，醉意十足地问道：“你知道……什么样的男人最可怜吗？”

余帆打了个酒嗝，同样带着醉意，应道：“不知道！”

路远自嘲地笑笑，指着自己的鼻子承认：“我……我这样的！看不懂自己老爹，误会他一辈子；看不懂女人，找了个不爱我的；看不懂自己，明知小朵有男朋友了，还缠着她。”

余帆听着路远的话，醉意十足的他瞥了路远一眼，疑惑地问道：“你啥意思？”

路远摇摇晃晃地大喊道：“我是个废物！”是的，他就是个废物，什么事都处理不好，看不懂自己的父亲，直到他去世都还误会着他；明明爱着一个女人，却去找了自己不爱，也不爱自己的女人；明明和小朵说好不见面，却又去打扰她的生活。

余帆听到路远的话，大声喊道：“再说一遍！”

路远笑着，指着自己的鼻子，一字一句地说道：“我，路远，是个废物！”

话音刚落，余帆“砰”一拳砸到路远身上，他差点儿摔倒，努力稳住身体。

路远却还重复一遍，道：“我……路远，是个废物！”

余帆又“砰”一拳，砸到他脸上，狠狠地瞪着他。

被打得嘴角流血的路远竟然大笑起来，问道：“连你也看不起我了？”

余帆又是一拳砸过来，这回路远倒是躲开了。

余帆指着路远的鼻子，大吼道：“你醒醒！你要是个男人，就不该说这些话！路叔叔走了，我们都很难过，但他绝不愿看到你现在这熊样子！你要记住，为了你自己，为了路叔叔，你不该这么糟践自己！”

余帆知道路远这段时间承受的压力，可是，作为男人，不能就此倒下去，更应该振作起来，努力生活。他心里明白，路远是个表面潇洒，内心却十分敏感的人，他父亲的离开对他而言打击太大了，他不能接受这个事实。可是，就算是为了路叔叔，路远也不该这样糟蹋自己，一蹶不振啊。

路远笑着哭着，余帆打在他身上的痛不及他心口疼的十万分之一，路远忧伤地指着自己胸口，哽咽道：“我这儿疼。”

余帆一愣，突然把路远死死抱在怀里。第一次看到路远那么脆弱，第一次看到路远需要借酒消愁，这样的路远让他感到陌生和害怕，而作为他的兄弟，作为他的朋友，余帆却什么也帮不了他，只能在他需要陪醉的时候，和他出来痛痛快快地喝一场，暂时让路远忘掉所有的痛苦。

路远往后梗着脖子，泪水无声滑落。

是的，他心痛，真的好痛，无以言喻的痛，父亲走了，他从此便是一个人，小朵离开了，是被他逼走的。所有爱他的、他爱的，就这样都离开了他。他的心真的好痛，痛到无法呼吸，他觉得自己就是一个废物，什么事都做不了，什么人都留不住。

余帆说的，他心里都明白，可是要做到真的很难。是的，他是在糟蹋自己，因为现在，除了用酒精麻醉自己之外，他真的想不出任何办法可以缓解一下他的心痛了。

或许时间可以做到这些事。

第六年，第六天

1

时光匆匆，眨眼又过了一年。

仙峪村的河道栈桥上，路远和余帆夫妻边走边进行采访。樊美拿着录音设备，余帆举着数字摄影机。

“路主任助理……不，路书记，真没想到啊，你居然被评为北京市优秀基层党员。我不太了解政治，只是作为普通群众的一个代表，也作为你的朋友，我很好奇你到底为什么入党？”余帆问道。

“不管生活还是工作，不带有任何个人私心和目的，而是为了让这个世界和他人变得更加美好，这就是一个信仰。我相信，只要在心里认可这个信仰，并且心甘情愿地加入这个组织，谁都会一点点地改变。”路远笑着回答，眼神里充满坚定，回想起自己当初是如何抗拒这份工作，到后来又是如何爱上了这份职业，他的心里，要感激一个人，那就是他的父亲。

余帆似乎有些触动，反问：“会变得更好？”

路远点头。

余帆想了想，问道：“像路叔叔那样吗？”

路远笑了一下，眼神飘向别处，语气里满是感慨道：“是啊，我爸……信仰赋予他使命感。”

“你有吗？”余帆问他。

“啊？”路远有些错愕地看着余帆。

“我是说使命感。”

路远沉思片刻，然后坚定地回答：“有，而且会越来越强烈，越来越坚定。”稍许停顿，他才继续说道：“好的父亲，终会成为子女的榜样。”

是的，就好像他的父亲一样，他所做的，就是以他父亲为榜样。

余帆敬佩地注视路远，用拳头轻轻捶了捶他的胸口，打趣道：“你这村官干得风生水起，让人羡慕嫉妒恨啊！”

余帆和路远默契地相视而笑。

“多谢配合，大功告成！”

看着余帆夫妇收拾设备，路远随口问道：“你们拍这些干吗呀？”

樊美笑了笑，解释道：“留个纪念呗。十年以后，还能拿出来给自己的孩子们看看什么的。”

路远突然一怔。

十年后，多么熟悉的一个词。

思绪再次回到2008年。

北京奥运会那一年，穿着志愿者服装的宋小朵鬼鬼祟祟往椅子夹缝里塞着什么。

路远凑巧经过，有些好奇地过去看。

“宋小朵。”路远叫她。

宋小朵被吓了一跳，一看是路远，拍着自己的胸口，缓和一下情绪。

路远笑看她，问道：“干什么呢？神神秘秘的。”

宋小朵想起什么，侧身挡住椅子缝说：“没啥。”

看着宋小朵神秘兮兮的模样，路远更好奇了，蹲下来想看。

宋小朵有些害羞地问道："你有没有想过，咱们现在做的事很伟大？"

路远点点头表示同意，说道："对啊，参与历史嘛。"

"那你有没有想过奥运场馆对我们来说很特别？"宋小朵再次问道。

路远歪了歪头，不解地看着她。

宋小朵狡黠一笑说："我在一张纸条上写了个愿望，藏在这儿，十年之后再来看有没有实现。"

路远听闻，心里更加好奇，不禁问道："你……有什么愿望？"

宋小朵害羞道："这个怎么能告诉你？"然后小声嘀咕："说出来就不灵了。"

路远故意一本正经地说："莫名其妙！"

宋小朵委屈地注视路远离开的背影，轻咬着红唇，微微垂下头。

路远转身离开，思索片刻后，忍不住悄悄露出笑意。暗恋的人啊，思想总是有些莫名其妙。

当天黄昏的时候，鸟巢里空无一人。

路远走到白天宋小朵藏纸条的地方，四下瞅瞅，确定四周真的没有人后，快速把一张小纸条藏进椅子夹缝，然后逃也似的离开了。

路远回过神来，表情失落。十年后，今年便是整整十年了啊，可是，他和宋小朵之间却再也回不去了。

他不知道宋小朵在那缝里的纸条上写了什么愿望，但是这都不重要了，十年后，他们也不会再相见，又何必去想这些呢。

余帆看着一脸失神的路远，轻拍了他的肩膀，问道："咋了？"路远还没回过神来，仍旧陷入沉思中。

"路远！"余帆见路远还处于失神的状态，加大声音喊了他一声。

被余帆这么一喊，路远立刻回过神来，笑了笑，淡淡地说："想起一段往事。今天就不送你们了，得接待一个重要客户。"

"我说想什么那么入神，我叫了你两次都没听到！往事？该不会是哪段风流韵事吧？"余帆看着路远，撞了撞他的肩膀，忍不住打趣道。

路远笑笑，没好气地看他一眼，说："风流韵事？你是在说我还是在说你自己？你是自己没想起来，需要我来提醒是吗？"路远反问余帆，眼神故意不自觉地看了下樊美，使劲给余帆一个眼色。

接收到路远的示警，余帆连忙投降道：“好好，我错了，不该这么打趣你，你这么老实的人，连个女朋友都没有，哪会有什么风流韵事啊，对吧。”

“你知道就好，要知道，说到风流韵事，你认了第二，可没人敢承认第一啊。”路远笑道。

“是是是，就你最老实，不过，你确实也是老实。”余帆话中有话。

路远自嘲地笑了笑。

余帆收起调侃的神情，一脸正经地问道：“你和小朵怎样了？”

路远耸耸肩说：“去年 8 月 8 日开始，我们就再也没有联系过了，或许不见比相见更好吧。”

“你没想过去找小朵吗？”余帆问道。路远和宋小朵两个人，相爱却总是错过，就连他们旁观者都要看不下去了。

“又何必呢，她现在应该过得挺好的，我又何必去打扰她的生活，让她烦恼。”路远说道。她现在的生活幸福平静，他为何又要去破坏她的平静，现在这样不是挺好吗，各自安好。

“可你过得不好！”余帆一语中的，这一年，他看着路远是如何压抑住自己的心伤和痛苦，一步步走到今天。路叔叔的离开、小朵的离开，对他来说打击太大了。路远没有说，可是他却能看出来，路远很孤单，只是在佯装坚强罢了。

看着余帆，路远笑笑，然后抬眸望向远方说道：“我也挺好的啊，我现在找到了自己的理想和奋斗的目标，我爸为我树立了榜样，我也清楚知道自己今后的路要怎么走，我怎会不好呢？”路远说道，内心感觉到很平静。其实这话是在说服他人，更是在说服自己，他过得很好。

“你真的没想过去找小朵吗？”余帆再次问道。

“有必要吗？”路远反问。

“有没有必要就看你自己的认为了，毕竟每个人的想法和看法不一样，或许我觉得有必要，可你却觉得相见不如怀念。”余帆说着自己的想法。

看着路远的样子，余帆没有再多说什么，只是拍了拍他的肩膀，看着他笑笑，一切尽在不言中。

“好了，我得走了，不能招呼你们了，有个很重要的客户要去接待一下。”路远看了看腕上的表，有些着急地说道。

“没事，你忙你的，我们自己回去就可以了。”余帆回道。

路远点点头，转身便往村口走去，在半路上看到杨会计一行人，问道：“杨会计，你们这是去哪儿啊？”

“路书记，我们是要去村口啊，迎接美国投资方那边的贵宾，这不，看你在忙，就没去找你了，想着我们先过去，你也应该会自己赶过去的。”杨会计笑着解释。

“我正要过去呢，一起吧。”路远说道。

仙峪村村口，一辆车停了下来，路远带着杨会计等一行人热情迎接投资方的到来。

任帅和女助理下车后，看到路远一行人，任帅微笑着上前，向他们打着招呼。

“好久不见了，路远。”任帅笑道。

“是啊，好久不见了，这一路辛苦了。”路远回道。

“都是为了工作，值得的。”任帅看着路远笑道。

路远提议说：“我们先去接待处坐下休息一会儿，然后再去村里参观，如何？”

“路书记安排就好。”任帅打趣道。

路远笑着摇摇头，然后带领任帅和女助理前往接待处。

休息之后，路远带着任帅和女助理开始参观大变样后的仙峪村，这几年村里更多拔地而起的楼房、新建的农家院和重新装修的农家院一拨一拨的，路的两边也从几年前的荒秃地变为绿荫大道。路远和任帅两个人来到仙峪村的高台上，身旁熙熙攘攘的游客擦身而过，这座高台是看仙峪村全景的最好位置，每一个来仙峪村的游客都想登到高台，一睹美景。

任帅站在栏杆边，从平台上看着村庄全景，心中不禁感慨，仙峪村的变化真的太大了。

路远指指座位，招呼任帅坐下，说："坐，喝口水。"

任帅过来坐下，聊完了工作，两人还是挺尴尬的，也不知道该说什么。

许久，路远才打破沉默说："恭喜高升！"之前有听说任帅升迁的消息，路远衷心地祝福道。

任帅微微一笑说："也恭喜你高升！"

俩人相视一笑。

"本以为能见到贝丽。"路远说道。

"她被调回美国总部了。"任帅向路远解释。

路远点点头说："这次考察还算满意吗？"

任帅点点头，脸上尽是满意的神情，道："满意，我们完全可以扩大再经营。"看过仙峪村的整体新面貌，任帅给出了结论。

路远点头，心中甚是欢喜。两人又再次陷入了沉默中，任帅沉吟片刻，才终于开口问道："她还好吗？"

路远微微蹙眉，有些错愕，没有反应过来，反问道："谁？"

“小朵。”任帅直说。

听到这儿，路远的心里闪过一抹不好的预兆，急切解释道：“不知道啊，从去年 8 月份开始，我跟她没再联系过。”刚说完，路远像是意识到什么，蓦然站起身，惊讶地问道：“她没和你在一起？”

任帅听到路远的话，同样吃惊不已，猛地站起来，说道：“去年 8 月 8 号，你给她发微信，她非要来北京找你，我俩就分手了。”

路远震惊不已，立马否决道：“不可能！”

去年 8 月 8 日，不就是他最后一次联系她的时候吗？他记得那次微信发完语音给小朵后，他们就再也没有任何的交集了。再后来，他出门找到余帆，两个人去了酒吧喝酒，喝得烂醉如泥。

刚才任帅说，去年小朵来北京找过他，难道说他们就这么错过了吗？那天小朵一个人是怎么过来的，想到小朵独自一人来北京找他，但是他却不知道，想到小朵心中是有多绝望，路远悔恨不已。

任帅逼视路远，问道：“我就问你一句话，你还爱不爱她？”

路远沉默，他还爱不爱小朵？答案是毋庸置疑的，但是，现在应该问，他还能爱小朵吗？

“你不爱她的话，我还能跟她挽回感情。”说着，任帅掏出手机欲打电话给小朵。

路远也掏出了手机。

“你打还是我打？”任帅逼问。

路远盯着任帅，一时犹豫不定。

看着路远犹豫不决的样子，任帅不理会他，径自拨打了小朵的电话。路远一看到任帅在拨打电话，再也按捺不住，一把抢过任帅的手机，在还没拨出去之前便挂断了。

“你这是什么意思？”任帅质问路远，“你自己没勇气打电话给小朵，你还不让我去追求吗？难怪小朵说你是胆小鬼、是懦夫！”任帅一把夺回自己的手机。

“别打，我打！”路远下决心说道。

看到路远的神情，任帅知道，路远还爱小朵，他也就放心了。

任帅说：“你觉得打电话给小朵能说得清楚吗？”

路远望向任帅，不懂他话里的意思。

任帅无奈地抚了下额头，有些气结地说道：“你真是一只呆头鹅啊，真想不通小朵看上你什么了？”

路远没有说话，似懂非懂地看着任帅。

“小朵现在北京的一家公司上班，你可以直接去找她，如果是我，我就不会打电话，我会亲自去找她，当面说清楚自己的感情。”任帅说出自己的建议。

路远会心一笑，感激地看着任帅：“谢谢你。”

“别谢我，如果再一次伤害了她，我一定会把她夺回来，这一次，你不会再有任何的机会，记住。”任帅严肃地说道。

“你的话我记住了，你放心，你不会有这样的机会。”路远笑着说。

“参观完了，我就不招呼你了，我去找小朵，我会让杨会计带着你再去看下古长城那边新开发的旅游项目。”路远交待道。

“你去吧，这边我会和其他村干部继续考察。”任帅说道。

路远感激地笑笑，然后快步离开。

宋小朵工作的贸易公司在大望路，她拥有一间独立的办公室。宋小朵沉思的时候，助理敲门进来了。

宋小朵抬头看了看助理。

助理说：“宋经理，上周从渝新欧国际铁路线运送的货物，今天已经安全到达德国的杜伊斯堡了。”

“给仙峪村运干果的列车呢？”宋小朵问道。

“到重庆了，十四天后就能在西欧铺货。”

宋小朵满意地点头说：“那就好。”

助手说：“今天是北京奥运会开幕纪念日，市场部提议我们做个奥运会专题的活动策划，把奥运会和‘一带一路’整合宣传。”

宋小朵想了想，点头表示同意，说道：“你跟他们沟通一下，确定一个具体方案和操作流程，做好了咱们复议。”

“好的。”助手应道，便转身出去了。

宋小朵又低头工作了一会儿，突然想到什么，她猛地站起来，今天是8月8日，是他们约定的日子。可是，说好了不再见面，那今年呢，估计也是见不了。想到这儿，宋小朵又坐下。

突地，她的手机响起，宋小朵看了看手机屏幕，迟疑片刻才敢接听。

“小朵，我见到路远了。”电话那头传来任帅的声音。

一听到这个名字，宋小朵的心颤抖了下，她没有回答，只是静静地听着。

“小朵，你有在听吗？”任帅见小朵没有说话，不确定地问道。

“我有在听，你说。”宋小朵应道。

“去年，你从杭州来北京找路远，路远并不知道，他一直以为你和我在一起。”任帅告诉小朵真相。

宋小朵心头一震问道：“他以为我和你在一起？”她的声音有些颤抖了。

“是的，他一直都以为我和你在一起，小朵，再给彼此一次机会，路远现在出发去找你了，你也放下手中的事情，和他见面，两个人把话说清楚吧。”任帅鼓励宋小朵。

宋小朵眼含泪光，内心充满感激，她衷心地说道：“任帅，谢谢你。”

任帅笑笑说：“小朵，我也希望你幸福下去。”

“我一定会的，你也是，你也要幸福。”宋小朵回道，然后缓缓挂了电话，脑海中回荡着任帅说的话，路远、路远，他过来找她了。

她拿起包包，飞一般地冲了出去。

路远来找她了，十年了，他终于肯看清楚自己的感情，过来找她了。

脑海里闪过十年前的一个画面，那个小小椅子缝里面的小秘密。难道她的愿望就要实现了吗？宋小朵想着，脸上不由得露出幸福的笑容，她决定，先去一个地方。

宋小朵迫不及待地想看到路远，在等电梯的时候，显得有些焦躁。进入电梯，一直盯着楼层数字的变化，终于电梯门打开了，宋小朵满面春风地跑出电梯，直奔地铁站去。

她跑进鸟巢，在十年前隐藏愿望的台阶上，一张张椅子翻找着。终于，在其中一张椅子的缝隙里找到了一张被氧化得发黄的纸条，上面还有字迹，纸条上写着：希望我能成为让父亲骄傲的人——路远。

宋小朵看后一笑，原来这是路远的愿望。十年后的今天，他做到了，他成为了让他父亲骄傲的人。

可是她的愿望呢？宋小朵找了好几遍也没有找到当初自己塞进去的纸条。

为了不耽误和路远见面，宋小朵小心翼翼地把纸条放进自己包里，放好后，她走出鸟巢。

一段崎岖的盘山公路，路远坐在大巴车里，看着外面飞驰而过的景色，一脸凝重。

去年的今天，宋小朵和任帅分手了，为的就是他，宋小朵爱的还是他。可是，他就这样让宋小朵独自在寻找他中失落失望，甚至绝望。时隔一年，他是否真的有勇气去见宋小朵。

路远下车来到地铁站，从地铁口出来，往鸟巢方向跑去。到了鸟巢，路远突然想起了当年塞进椅子缝隙的纸条，他决定先把纸条找出来。

路远跑到以前隐藏愿望的台阶上，一张张椅子地翻找。

到了一张椅子边上，路远从里面找出一张被氧化得发黄的纸条，上面还有字迹。纸条上写着：希望路远能喜欢我。

路远惊呆了，后又笑了，百感交集。十年前，宋小朵的愿望便是希望他能喜欢她，事实上，他早就已经喜欢上她，只是一直没有勇气去承认。

路远继续翻找，却怎么也找不到当年自己塞在缝隙里的纸条，表情渐趋沮丧。找了许久，路远始终没有找到，于是便放弃了寻找，站起身，深吸一口气走出鸟巢。

走到鸟巢广场，路远的思绪万千。终于，路远深呼吸，下决心拨通宋小朵的电话。

电话通了，却在不远处听见一阵铃声传来，就在距离他很近的地方。

路远惊讶地回头。

宋小朵就站在离路远不远处，同样看到了路远，举起手中的手机，调皮地冲路远摇了摇。

四目相对，两人相视而笑，百感交集，原来，这就是命中注定。

宋小朵慢慢走向路远，路远也缓步走向小朵，两人的距离越来越近，直到近在咫尺。

“你怎么在这儿？”宋小朵问道。

“你呢？又怎么在这儿？”路远没有回答她的话，反问道。

“我来找一样东西。”宋小朵笑着说道，眼睛定在路远身上，深深凝住他。

路远也神秘地笑笑，回道：“真巧，我也在找一样东西。”

两人相视一笑。

然后，谁也没有说话，就这样笑着看着对方。宋小朵打破沉默，开口问道：“你打电话给我干吗？”说这话的同时，宋小朵的眼神充满了期待。

“呃……那个……我有话想跟你说。”路远有些结巴，支支吾吾地说着。

宋小朵点点头说：“刚好，我也有话想跟你说。”

路远挑了挑眉说：“那你先说。”

“你先说。”宋小朵不依，让路远先说。

路远挠挠头，有些羞涩地问道：“去年的今天，你有来找过我？”

回想起去年，宋小朵的眼神有些黯淡，点点头说：“是的，我有找过你，但是没见到你，一直打你电话都关机，后来我一直等到过了午夜 12 点，到了 8 月 9 日。”

“我不知道，那天我和余帆在一起。”路远有些懊悔地说道。

“你和余帆？”宋小朵疑惑地反问。

“是的，我们在酒吧，我……我喝醉了。”路远低声道出实情。

宋小朵明白了，她看着路远，只是这样看着，眼神透着复杂和心疼。

“对不起，我让你等了那么久，让你伤心了那么久。”路远看着宋小朵说道，眼神充满抱歉。

宋小朵摇摇头，柔声说道：“我不想听你说抱歉，不想听你说对不起，我只想问你一句，你爱我吗？你还想和我在一起吗？”整整十年了，经过了那么多事，他们一次次地错过，多少次的转身回眸，都看不见彼此的眼神和心，这一次，她不想再错过，她只想问他一句，十年过去，他，还爱她吗？

听到宋小朵赤裸裸的问题，路远终于没有再次逃避，炽热的眼神看着宋小朵，坚定地说道：“我爱你，十年前就爱你了，十年过去，我的心从来没有改变过。”

听到路远第一次毫无保留地告白，宋小朵眼里闪着泪花，狂喜万分，感动非常。

终于，十年前的愿望，实现了。

她一把冲进路远的怀抱里，紧紧地抱住他，那样温暖和安心。

路远回抱住宋小朵，同样紧紧的，眼眶有些湿润，兜兜转转，他们终于还是在一起了，这一次，再也没有什么能把他们分开。

许久，宋小朵才离开路远的怀抱，轻捶了下他的胸口，娇嗔道：“你这个二愣子，都怪你，胆小鬼，喜欢不敢说，让我们白白浪费了十年的时间。”

路远抓住小朵的手，宠溺地说道：“对，你说的都对，都怪我，是我的错。但是，我们还是在一起了，命中注定我和你是要在一起的，即使过去十年，我们还是彼此认定的那个。”

宋小朵感动地笑笑，说道：“我以前怎么没发现你那么会说话，那么会哄人？”

路远大笑，冤枉道：“天地良心啊，我说的可都是真心话，没有一句虚假的。”

宋小朵感动不已，然后反握住路远的手，十指紧扣，然后才说道：“这次，你不会再放开我的手了吧？”

经历了那么多，宋小朵心里觉得很疲惫，她只想这样与路远十指紧扣，一直走下去。

路远更加握紧了宋小朵的手，说道：“这一次，我再也不放开你的手！”他许下承诺，让宋小朵眼闪泪花。阳光下，他们两个的影子越拉越长，十指紧扣的双手在阳光的照耀下显得十分夺目，见证着他们十年的成长，见证着他们的爱情。

“我们真的心有灵犀，没有约好，竟然都出现在这里，在这边见面了。”路远笑着感叹道。

“因为我们都相爱。”宋小朵说道。

“任帅给我打电话了，说你要来找我，我不知道你是不是会去我们约定的老地方见面，我便先来了鸟巢这边，没想到，你竟然也出现在这里。”宋小朵说道。

“任帅打电话给你？”路远问道。

“是啊，他跟我说，有个二愣子终于看清楚自己的心了，要过来找我了。”宋小朵笑道。

路远听到宋小朵俏皮的话，也乐了。他假装生气地要挠宋小朵的痒：“好啊，你一句一个二愣子地叫我，看我不惩罚你。”

宋小朵笑着闪躲开说：“你本来就是二愣子吗，干吗不敢承认啊？”

“你还说，你还说。”路远笑着要挠她痒。

宋小朵大笑闪躲，一个转身躲开了路远的攻击，距离他几步之遥的时候，俏皮地说道：“二愣子、二愣子。”说完，立即奔跑起来，不让路远抓到她。

路远听到宋小朵嘲笑的话，然后上前追逐着，两人一前一后地追着打闹着，风吹起，是那样的温馨和甜蜜。

黄昏时候，天空出现了彩霞，昏黄而夺目。

华灯初上。

路远和宋小朵俯瞰黄昏的北京，两人感慨万千。

两人不时对视，眼神中充满着甜蜜。像想到了什么，宋小朵微笑着拿出一张纸条。纸条上写着：希望我能成为让父亲骄傲的人——路远。

路远感慨地笑了，原来纸条是被小朵拿去了。

宋小朵小心翼翼地把手中的纸条放在包包里，十分珍惜地放好。

抬眸之际，看到路远也拿出了一张小纸条，纸条上写着：希望路远能喜欢我。

宋小朵一阵娇羞，原来她的小纸条是被路远拿去了，她伸手想要拿回来："还给我！"路远把纸条举高，让宋小朵够不着。

"路远，你可真坏！"宋小朵够不着纸条，跺着脚娇嗔道。

"会吗？你可别忘了，我的纸条可在你手上呢。"路远提醒着宋小朵，“而且，你的愿望已经实现了。”

听到最后，宋小朵更是一阵娇羞地看着路远，沉默片刻后用坚定的眼神看着路远说：“你的愿望也已经实现了啊。”

话音刚落，路远的眼神一暗，举高的手缓缓放了下来。宋小朵也发现了路远的不对劲儿，心里明白路远是想起了他的父亲路永明了。她安慰道：“叔叔会很开心，因为你做到了，你已经成为了让他骄傲的人。”

路远抿了抿嘴唇说：“可是，我对他却永远都心存愧疚和自责。”

“路远，你别这样想，天下父母都一样，只要看到自己的子女过得好，那就足够了，就像叔叔一样，看到你现在过得好，看到你已经成熟了起来，看到你已经成长得足以让他感到骄傲了，叔叔会很开心的。”宋小朵握上路远的手，继续说道：“但是如果你一直心存着自责和内疚，我相信，叔叔也不会开心的，因为他是那么爱你，只要你过得好，对他而言就是最大的安慰和幸福了。”

听到宋小朵安慰的话，路远的心豁然开朗，深情凝视小朵，和她相拥在一起……在她耳边低喃：“谢谢你，小朵，我的爱人。”

宋小朵依偎在他怀里，幸福地笑着。

2

又是一个黄昏，鸟巢的广场里边，路远和宋小朵牵手走来，余帆夫妻俩拿着摄像机拦住他们。

被余帆夫妻突然跳出来拦住，宋小朵惊讶不已，问道："你俩干吗呢？狗仔队啊？"

余帆径自举起摄像机对着他们，调整好角度，说道："最后一段采访，请配合一下。"

宋小朵不解地挑了挑眉，问道："什么采访？"

余帆嘿嘿一笑，神秘地回道："之前采访的是咱们国家六年来的变化，现在采访的是情感话题。"然后顿了下，想了想，露出一抹坏笑，继续问道："讲讲你俩的感情经历吧？"

宋小朵听到余帆的问题，嗔道："太八卦了，你们！"

余帆不理会宋小朵的小小抗议，催促道："快说快说！"

路远看着宋小朵笑了笑，索性满足余帆他们，笑道："其实我也 2008 年就喜欢你了，只是一直没说出来。"

宋小朵扑哧一笑，调侃道："我早看出来了，你以为我跟你似的，一直不知道我喜欢的是谁。"

听到宋小朵的回答那样直白，路远有些不好意思，脸红了。

路远尴尬地岔开话题，然后想到什么，转头看向宋小朵，眯起眸子问道："2012 年那次见面，你是故意的吗？"

"就是巧合吗。"

"可大部分的偶然都是必然的。"

宋小朵得意地笑着说："见面真的是巧合，可乐泼到你身上真的也是巧合。"

余帆听到宋小朵和路远在说着悄悄话，于是问道："你俩说什么呢？"

路远喝住余帆，说道："别打岔。"然后看着宋小朵，继续问道："2013 年你给我打完电话，为什么就关机了？害得我好一阵担心！"

宋小朵嘿嘿一笑说："真的是手机没电了，不过，我就是故意没开机，就是想看你找不找得到我！"宋小朵俏皮地笑笑。

路远甜蜜一笑，又问道："那，2014 年给我介绍美国客户，是……"

宋小朵反驳道："那是你先求的我呢！确实是项目引进，不见面也不行啊！"

路远眯起眸子问："那……那……那 2015 年？"

宋小朵一听，脸一红，娇嗔道："你还说，能不能不提那件事了？那一年喝多了，让别人知道多不好意思啊。还有 2016 年，我在鸟巢等了你一个通宵。"

余帆蒙了，看着两人完全不看镜头自顾自地说话，他表示抗议道："我们在采访呢，你们都说的啥呀？咱不兴带悄悄话的啊。"

可是，沉浸在自己世界中的两人丝毫没有理会余帆的抗议。

"小朵啊，我有被骗的感觉。"路远笑着说道。

"不喜欢啊？"宋小朵挑眉反问，一脸威胁的模样。

"很喜欢，你得骗我一辈子才行。"路远借机要承诺。

"这是约定吗？"宋小朵反问道。

路远闻言，豪气地说道："你敢约，我就敢定。"

宋小朵扑哧笑了，路远也跟着傻笑。

"你们到底在搞什么鬼？"余帆放下摄像机走向他们，看到两人一脸甜蜜的模样，虽然欣喜，但是也因为他们不配合拍摄而生气。

"余帆，你这都拍几年了，还没拍够啊。"路远望向余帆说道。

“当初的志愿者都拍了，就剩你们两个人了啊，拍完你们也就算拍完了。”余帆看着自己的摄像机录像说道。

“余帆，来，咱俩说点儿事。”说着，路远把余帆拉到一边，还不忘偷瞄了下，看小朵和樊美能不能听到。

宋小朵和樊美相视一眼，看着神秘兮兮的两个人，耸耸肩，也没去理会他们，两人坐在一处阴凉的地方闲聊。

另一头，路远和余帆也在商量着。

“当初你是怎么向你老婆求婚的？”路远小声地问道。

“怎么？你要向小朵求婚了啊？”余帆马上反应过来，笑道。

“嘘，你小声一点儿。”路远回头看了下宋小朵她们，确定她们不会听到，才又继续问道：“我想给小朵一个惊喜，所以想问问你有什么招？”

余帆瞄了下宋小朵，然后对路远说道：“我那个招对小朵不知道有没有用啊？”

路远也看向小朵，继续说道：“是啊，小朵可是和别的女生不一样啊。”

余帆点点头，示意路远要想点儿特别的招数，这样才有可能让宋小朵点头答应。

余帆和路远绞尽脑汁，余帆想到了一个主意："不如搞花海的浪漫求婚现场，然后给个惊喜啥的？"

"俗气！"路远一下子便否决掉。

"包条小船，来个船上求婚呢？"余帆提议。

"小朵不爱这样的，而且她不会游泳，要是在船上求婚，我怕她连船都不肯上啊。"路远再次否决掉。

"这不上了你这条贼船。"余帆嘿嘿一笑道。

路远用肩膀顶了他一下，让他给点儿正经的。

"我给那么多主意，你都给否决了，要不自己想个。"余帆说道。

路远看了看他，侧头想想，突地，拍了一下巴掌，兴奋地拉着余帆说道："你看我们在仙峪村来个求婚仪式怎样？"

"仙峪村？"余帆有些吃惊地问。

"你还不如搞个回忆杀，重回志愿者那一年。"余帆没好气地说道。

话一出，路远吃惊地看着他，脑子里立即有了好主意。余帆无意中瞥了眼路远，看到他吃惊的表情，这回换他愣住了，问道："怎么了？干吗这样看着我？"

"哥们儿，你真是我哥们儿。"路远看着余帆怔怔地说道，像中邪了一般。

余帆看着路远的样子，手抚上胸口，咽了下口水，说道："你没事吧，别这么吓人地盯着我看，我老婆就在旁边呢。"

"回忆杀……"路远脸上透着兴奋。

"是啊，我刚才是说回忆杀，怎么了？我得罪你了吗？"余帆看着路远问道。

"我知道要搞个怎样的求婚惊喜了。"路远激动地说道。

"怎样的？"余帆看着他，也不禁激动了起来。

路远低声地说着自己的计划，只见余帆的脸上露出赞赏的表情。

"就这么决定，保证小朵喜欢，这个求婚仪式不错，当初我怎么就没想到呢？"余帆大为可惜。

"谁让你脑子没我好使。"路远得意一笑。

"瞧你那小样儿。"余帆好笑地捶他一下。

"哎，你们两个大男人在嘀咕什么呢，说半天了啊。"宋小朵朝他们喊道。

路远和余帆转身看向她们，嘿嘿一笑说："没什么，没什么，就商量一下今晚吃什么好。"

宋小朵和樊美互视一眼，狐疑地起身走向他们。宋小朵来回看了他们两个几眼，说道："没那么简单吧？"

"就是啊，两个人大男人在商量吃什么，能商量半天吗？"樊美也不相信。

"嘿，我们这不是为了你们两个女士想吗，你们也知道，女孩子吗，要吃低脂肪的，养生的，不是吗？"余帆轻搂着自己的妻子说道。

宋小朵和樊美相视一笑，也没打算问到底。宋小朵笑道："那你们商量出什么了？晚上去哪儿吃饭啊？"

"呃，我们两个大男人，还是没搞懂女孩子的想法，所以，还是你们决定就好。"路远挠挠头，有些不好意思地说道。

宋小朵扑哧一笑说："你们啊，肯定有事瞒着我们。"

"天地良心。"

"天地良心。"

路远和余帆异口同声地说道。

"你们倒是同心吗！"宋小朵和樊美不禁笑了起来。

"祝你们同心同德啊。"宋小朵调皮地打趣道。

四个人都忍不住大笑起来。

任帅明天要回美国了，宋小朵收到他的信息后，心情有些沉重。她和路远很幸福，可是总觉得愧疚任帅。

宋小朵坐在路远家的客厅里，看着手机发呆。路远从厨房出来便坐在她身边，问道："怎么了？一脸发呆的样子。"

宋小朵看到路远，微微一笑，然后把手机拿给路远看。路远接过宋小朵的手机，看着屏幕上方任帅的信息，也明白了宋小朵心中的想法。

"任帅要回去了，这一次走了，估计也不会再回来国内了。"宋小朵说道，眼神黯淡下来，充满着内疚。

"仙峪村的项目要扩大经营，那是我之前就和他说好的，他估计还会回来。"路远说道，把手机还给宋小朵。

"我总觉得对任帅很内疚。"宋小朵说着，微微垂下头，叹了一口气。

路远看着宋小朵的样子，也是很心疼，他想了想，然后说道："给任帅回条信息，今晚我们三个人一起去吃饭。"

闻言，宋小朵不解地看着他，疑惑地说道："出去吃饭？"

路远点点头，解释道："任帅不是明天就要回美国了吗？我们约他出来，吃顿饭。"

"这样好吗？我们三个人，会不会很奇怪啊？"

“有什么不好的，我们三个人都是朋友，再说了，任帅可是负责仙峪村项目的投资方，我们请他吃顿饭很正常啊。”路远说道。

宋小朵想了想，觉得也有些道理，于是点点头，然后打开手机，给任帅发信息邀请他吃饭，当然了，是特别说明她和路远请他吃饭。

信息成功发送之后，宋小朵沉思一会儿，突然睨向路远，眯起眸子问道：“我怎么觉得你这顿饭请的有些不对劲啊？”

闻言，路远不禁笑了起来，反问：“哪里不对劲了？下面请你这个侦探为我解释下。”

宋小朵侧头想了想，抿抿唇，说道：“我也说不出来，就是感觉你另有目的。”

路远好笑地看着她可爱的样子，然后坐直身子，一脸正经地问道：“你觉得是什么目的？好的还是坏的？”

“不好也不坏吧。”宋小朵笑着回答。

路远哈哈一笑，然后看着宋小朵，神秘地说道：“其实啊，我还真的是另有目的。”

宋小朵一听，摇晃着路远的手臂，催促道：“是吧，我就知道我肯定没猜错，快说快说，目的何在啊？”

被宋小朵摇晃得有些头晕的路远，连忙求饶道：“别晃了，

别晃了，你这是谋杀亲夫啊。”

听到路远的话，宋小朵羞红了脸，摇晃得更厉害：“你这个坏蛋，还敢耍嘴皮子。”

“好好，我错了还不行吗？”路远求饶着。

“看你还敢不敢！”宋小朵终于放过他。

“你说，你是不是有别的想法。”宋小朵逼问道。

“任帅是个很好的人，我和他也接触了有一段时间，工作上，他是个无可挑剔的伙伴，或许在生活中，我们也能成为好朋友。”路远笑着说道。

“所以你打算和任帅出来吃个饭，两个人坦诚地聊聊？”宋小朵问道。

路远点点头说：“是啊，你也在场，我们或许能聊得很愉快。”

“我怎么发觉你有做侦探的潜质啊。”路远睨了一眼小朵说道。

宋小朵得意地看着他，用手指戳戳他的胸口，说道：“你知道就好，所以别想着做什么坏事，我肯定一眼就能看出来，要是让我发现了，有你好受的，听到了没有。”

路远假装表现出很惊恐的模样，说道：“我是不是找母老虎做女朋友了？”

宋小朵一听，叉着腰说道：“你说什么？”

“不是不是，我是找了个公主。”路远连忙改口。

宋小朵哭笑不得地看着路远，然后两人都忍不住哈哈大笑。

晚餐时分，宋小朵和路远约了任帅出来，三个人到了一间气氛格调都不错的西餐厅，宋小朵和路远先到，便先等着任帅。

“估计堵车了，你信不信？”宋小朵挑眉问路远。

“信！”路远想也没想便回道，然后接着说道：“你这个侦探说的话，我都信，而且我发现，你不只有做侦探的潜质，还有双千里眼。”

路远看似夸奖的话，实际就是在嘲笑宋小朵，宋小朵可不是傻子，自然也听出来了，她笑道：“要不打个赌？”

路远一听，挑了挑眉，问道：“你想赌什么？”

宋小朵想了想，突然露出一抹邪恶的笑意，看得路远心慌慌的，说道：“如果你输了，晚饭过后，你就背我回家。”

路远一听，直言道：“你这赌注好大啊。”

宋小朵笑笑，问道：“你敢不敢？”

路远豪气地回答道：“一言为定，要是你输了，我得好好想想怎么惩罚你来报仇。”

“你就别想了，我肯定不会输。”宋小朵胸有成竹地说道。

“那行，手机先拿出来，咱俩谁都不能给任帅通气哦。”

宋小朵率先把手机放在桌子上。路远也跟着放下。

两人好笑地你看我，我看你。很快地，任帅一脸匆忙地走到他们面前。

气还没喘过来，宋小朵拉着任帅坐下，然后一开口便问道：“你怎么那么晚啊？”

路远眼睛直直地看着任帅，等着他的回答。

“不好意思，让你们久等了，路上堵车，没办法啊。”任帅气喘吁吁地解释道。

谁知道，他这个解释一出口，有人欢喜有人忧啊。

宋小朵摆出个胜利的表情，路远则是很不甘心地拍了下大腿。

任帅看着他们两个人截然不同的神情，困惑地问道：“你们怎么了？我堵车怎么了呢？”

“任帅，你可知道你这个堵车把我害惨了啊！”路远叹道。

“我也不想的啊，没办法吗。可是，我堵车而已，你们顶多就是多等了一会儿，怎么说我害惨了你，可是你看小朵，那兴奋的样子。”任帅还是不解。

宋小朵兴奋地笑笑，然后解释道：“任帅，你这车堵得太好了，真的。我和路远打赌，你肯定是因为堵车，他不信，输了，赌注就是今晚吃完饭，得充当人力车夫背我回家。”

任帅恍然大悟，然后说道：“看来我这车堵得倒是给你们增添了不少乐趣啊。”

三人相视一笑。

“我们先点餐吧，我都饿了。”小朵捂着肚子说道。

三人点好餐，任帅和路远举起酒杯，碰了一下，路远说道：“任帅，听说你要回美国了，一路顺风。”

“谢谢！”

“这句谢谢应该是我说才对。”路远真诚地说道。

“怎么说？”任帅喝了一口酒，挑眉问道。

“如果不是你，我和小朵说不定现在还不能在一起，如果不是你的鼓励和刺激，我可能也没有勇气去找小朵。”路远想到了任帅那天对他说的话。

任帅闻言，只是笑笑，看了下小朵，后者同样充满感激地看着他，任帅转眸望向路远，说道："其实我也没出什么力，那是你们的缘分，注定你们才是命中的那一对。"

他喜欢小朵，这个是事实，但是他不是小朵等待和心爱的那个人，即使勉强在一起了，也不会幸福长久。可是小朵和路远就不一样了，他们相识十年，各自相爱，却在兜兜转转中重逢又错过，最后还是在一起了，这不是命中注定吗？

任帅看开了，爱一个人就要看她幸福，他爱小朵，所以希望她幸福。或许有一天，他会把对小朵的爱转化成一种亲情，一种永远都割舍不断的亲情。

"不，任帅，我们都应该谢谢你，谢谢你为我做的一切。"小朵感动地说道，然后举起酒杯，碰了下任帅的杯子，"我敬你！"

"你们两个，一人一个谢的，是不是约好的啊？"任帅笑道。

"你还真说对了，我们真的是约好，专门请你出来吃饭就是要道谢的。"小朵俏皮地说道。

任帅笑笑，对小朵无奈地点点头。

"任帅，希望我们能成为好朋友。"路远真诚地说道。

任帅闻言，不禁挑高了眉，反问道："难道我们现在不是吗？"

路远笑笑，解释道：“我们现在是，但是我不但希望我们是项目中的合作伙伴，也希望我们能在生活中成为好兄弟。”

任帅没有回答，只是举起酒杯，说道：“友谊万岁。”

放下酒杯，任帅一改以往的潇洒，一脸严肃正经地说道：“我还是那句话，那天跟你说的话，希望你能记在心里，牢牢地记住，我将永远是你的威胁。”

路远笑了下，答应道：“一定，我不会忘记的。”说着，看向宋小朵，眼神炽热温暖。

宋小朵接触到他的目光，有些蒙，来回看了下路远和任帅，问道：“你们是不是有什么事是我不知道的？而且还和我有关？”

路远扑哧一笑，然后对任帅说道：“我说她有做侦探的潜质，你觉得呢？”

任帅点点头，表示同意。

听到他们的对话，宋小朵更加坚定自己刚才的想法，眯起眸子说道：“就你们刚才的那个对话，我就知道你们肯定说了什么或者做了什么是和我有关系的，说吧，是什么？我不能知道吗？”

“你还真是说对了，这个还真的不能让你知道。”路远直接说道。

宋小朵半眯起眸子，一脸凶恶地看着路远，路远赶紧别开眸子，不敢对上她。

宋小朵见路远闪躲开了她的眼神，转而看向任帅，谁知道，任帅也是一样地躲开了她的目光，宋小朵想了想，嘟哝了一句：“男人的世界我不懂。”

三人不禁笑开了颜。

几天后，宋小朵来到余帆的会所，招呼道：“余帆。”

余帆顺着声音看过去，见到宋小朵走来，笑着迎上去问道：“小朵，今天怎么有空过来？”

“今天周末，公司也没什么事，我就出来逛逛。”宋小朵回道。环顾了下，没发现樊美，问道：“你老婆呢？我看她有没有时间，陪我去逛逛。”

“她在楼上啊。”余帆应道。看了她一眼又问道：“怎么？你家路远没陪着你？”

宋小朵笑笑，打趣道：“要有私人时间吧，总不能像连体婴一样黏在一块儿的，这样不就会相看两相厌了啊。你看，你老婆不也没黏着你吗？”

“小朵，你这嘴上功夫可是越来越厉害了啊。”余帆笑道。

宋小朵但笑不语，然后说道：“行啦，不跟你扯了，我也不是来找你的，我上去了啊。”说完，宋小朵便越过余帆上楼去了。

宋小朵和樊美两人四处闲逛着，两个女人逛起街来就像走上一条没有尽头的路，可以一直逛下去。

“小朵，你和路远准备什么时候结婚啊？”樊美问道。

宋小朵一怔，笑笑说道：“不知道。”

“路远还没跟你提过吗？”樊美看了看宋小朵，有些诧异。

宋小朵摇摇头，笑道：“也还不急啦，我们都还年轻。”

“那如果路远跟你求婚，你会答应他吗？”樊美试探性地问道。

宋小朵想了下，才回道：“我还真没想过这个问题。”真的，她还真没考虑这个问题。而且，就路远那呆头鹅，要他主动跟她求婚，指不定比等登天还难啊，就是对她的感情，也花了整整十年才看清楚，她可没指望路远能突然醒悟过来，给她准备个什么惊喜向她求婚。

“那你现在想想，说不定哪天，路远就真的在你毫无准备的情况下，给你这么个惊喜呢。”

宋小朵笑笑，回道：“就别想了，你也不是不知道路远的性子，你觉得可能吗？我可没指望过。”

“万事皆有可能哦。”樊美话中有话地说道。

“宋小朵。”突然，一道呼唤让宋小朵回过头去。顺着声音看去，竟是昔日一同做志愿者的董玉洁和袁一萌。

“好巧啊，竟然遇到了你们。”宋小朵笑道，显得很高兴。

“对啊，好巧啊，北京挺小的，不是吗？”董玉洁说道。

“你们去哪儿？”宋小朵问道。

“无聊闲逛呗。”袁一萌应道。

“那正好，我们也是四处闲逛，一起吧。”樊美笑道。

走到半路，竟又遇见了当年的两个志愿者，像是约好了一样，大家闲聊后决定一起去当年记忆最深刻的地方看一看。

一群人来到了鸟巢广场，突然，一个身穿米老鼠小丑服的人走了过来，撞上了宋小朵，宋小朵手中的可乐溅洒在米老鼠的身上。

宋小朵赶紧把可乐杯递给樊美，连忙拿出纸巾，要为那人擦拭：“对不起，对不起，我不是故意的。”

咦，这场景怎么那么熟悉？宋小朵停下动作，狐疑地看着米老鼠扮相的人，然后看看身后的一群昔日伙伴们，每个人都似笑非笑地看着她。宋小朵低下头想看清楚米老鼠服里的人的样子，突然，那人一下子取下头套，赫然，路远的脸出现在小朵面前。

宋小朵吓了一跳，看着路远，整个人怔住了。

路远从怀中拿出一枚戒指，单膝跪下，向宋小朵求婚道：“小朵，嫁给我！”

宋小朵惊喜地掩住嘴，不可置信地看着这一切，然后在路远的身后，余帆和另一位志愿者拿着一块横幅，两个人一左一右地跑开，拉开横幅，上面赫然写着：小朵，请你嫁给我！

宋小朵眼含泪光，看着这一切，仿佛在做梦一般。路远竟然向她求婚了，而且还集合了当年奥运会志愿者的朋友们，见证他俩的幸福。

这个惊喜太大了，宋小朵感动得说不出话来。

路远见宋小朵没有说话，然后再一次说道：“小朵，嫁给我好吗？”

许久小朵才重重点点头，伸出手，让路远帮她戴上求婚戒指。

路远抱起宋小朵转了好几圈，空气里飘荡着幸福的味道。

这将是奥运会志愿者中的第四对成眷侣的人。

3

宋小朵带着路远回家见自己的父母，到达宋小朵家楼下的时候，路远紧张得手心冒汗，宋小朵感觉到他的紧张，停下脚步，看了下路远，问道：“你在害怕？”

路远不好意思地笑笑，回道：“有些紧张，第一次见你的父母，不知道他们对我的印象怎样？”

宋小朵扑哧一笑，看着路远小孩子似的样子，觉得好暖心，然后笑道：“你终于知道当初我第一次去你家，在你家住的时候，见到你父亲，我是怎样的心情了吧？”

路远嘿嘿一笑道：“那时候情况不一样吧。”

“是啊，那时候我可不是以你女朋友的身份去你家的，你知道我多尴尬啊，就一个你普通朋友，而且你正牌女朋友都没去过你家，我倒先去了，我才是紧张呢。”宋小朵笑着说着自己当时的心情。

“我现在是真的有些紧张。”路远深吸一口气。

宋小朵看着他可爱的样子也有些好笑，说：“我爸妈可不是什么难说话的人，你就安心吧。”

路远点点头，再次深吸一口气，牵起小朵的手，说道：“我们上去吧。”

宋小朵回握住他的手，点点头，两人十指紧扣地走上楼。

宋小朵没有带钥匙出门，按了按门铃，很快地，小朵妈妈便出来开门了。

“妈，我们回来了。”宋小朵看见妈妈，上前说道。

“伯母，您好，我是路远。”路远有礼貌地喊道。

小朵妈妈看到路远，笑道：“来，先进来坐，别在门口站着。”说着，小朵妈妈连忙招呼路远进来。

“你看吧，我妈他们可没你想象得那么难相处啊。”宋小朵悄声地和路远说道。

路远的心放了下来，也自在了许多。

一进到家门，就看到小朵爸爸在泡着茶，路远一看到小朵爸爸，喊道：“伯父您好，我是路远。”

“来，坐吧。”小朵爸爸笑道。

“谢谢伯父。”路远有礼地说道，然后才在他对面的位置上坐下。

小朵妈妈赶紧洗好水果拿了出来，招呼道：“来来，路远，吃水果，别客气，就当自己家就好。”

“伯母，您别客气，弄得我都不好意思了。”路远腼腆地笑笑。

“妈，您就别忙活了，也别像客人似的招呼他，那可是自己人啊。”宋小朵搂着自己的妈妈坐下。

“你这孩子……”小朵妈妈拍了下小朵的手背说道。

“伯父伯母，我这次来是专程来向你们请求一件事的。”路远说道。

闻言，所有人都看着他，包括小朵。

“我是来请求你们把小朵嫁给我。”路远一口气说完，然后深情地看了下宋小朵。宋小朵眼眶湿润地回看着他。

“路远……”宋小朵喊着他的名字，感动不已，他没有告诉她，他这次是来专程向她父母提亲的，虽然他已经求过婚了，但是他竟然毫无预警地在她父母面前说出来，这让她感动万分。

“我父母亲都不在了，我也不知道提亲要怎样的规矩，我一个小辈，我也不懂这些，所以这次专程跟伯父伯母说一声，希望你们能同意让小朵嫁给我，我发誓，我一定会一辈子对她好的。”路远说道。

小朵父母互视一眼，都露出了满意的神情，小朵爸爸说道：“路远，你的诚意我们感受到了，我们家小朵脾气比较大，你也要多多包容她才行。”

听到父亲的话，宋小朵娇嗔道：“爸，你怎么这么说我啊？”

“我也没说错啊。”小朵爸爸笑道。

宋小朵一脸窘态地看着自己的父亲，再看看路远，只见他一脸笑意。

“伯父，您放心，我一定会对小朵好的。”路远向小朵爸爸承诺。

“那就好，我们也相信你，相信我们家小朵的眼光不会错的。”

两人相视一笑，一切尽在不言中。

宋小朵和路远走出来之后，问道：“你怎么都没告诉我，你这次来是专程来提亲的啊？”

路远笑笑，回道：“给你一个惊喜不好吗？”

宋小朵睨了他一眼，说道：“看来你哄女孩子的手段可是越来越高明了啊。”

路远哈哈大笑，回看了下宋小朵，做出一副发誓的动作说道：“天地良心啊，我这可不是哄啊，再说了，我这手段可只对你一个人高明而已哦。”

宋小朵心里乐开了花，笑道：“还说不是哄，看来我得看紧点儿，免得你又去哄别的女孩子了。”

路远大笑道：“我有吗？”

“我这是为了天下女性着想啊。”宋小朵一脸大义凛然的样子。

两人相视一笑，十指紧扣地离开。

温馨的婚礼现场，摆着宋小朵和路远的婚纱照，男才女貌，人人看了都说登对。

化妆间内，余帆对着镜子整理自己的仪容，另一边，路远走了过来。

余帆在镜子的映照中看到路远走来，转身一看，笑道："新郎官，不错啊，精神不错，果然是人逢喜事精神爽啊。"

路远轻拍下他的肩膀，回道："你这伴郎也不错啊，帅气！"

"怎样，紧张吗？"余帆坐下问道。

路远也跟着坐在对面，回道："说实话，是真的有些小紧张。"

"正常，当初我结婚的时候，也是这样，待会儿你会更紧张的。"余帆说道，分享点儿经验。

"不会吧？"路远睨着他。

"信不信由你，到时候可别说兄弟没提醒啊。"余帆勾起嘴角说道。

"那有什么办法缓解紧张的呢？我可不想出糗啊。"路远问道。

"没有，这是每个结婚的男人都必须经历的心路历程啊。"

余帆摊摊手，表示无能为力。

“怕啥啊，不管怎样，小朵都是你的人，跑不掉了，你就这么想着就对了。”余帆调侃道。

路远没好气地看了他一眼，笑道：“原来当年你就这么安慰自己别紧张的啊。”

“对啊，我这个自我调节的能力还是不错的。”余帆骄傲地说道。

两人相视一笑。

“没想到，我终于娶到小朵了。”路远不禁感叹道。

“是不是觉得还是在梦中一样啊？”余帆笑问道。

路远点点头，“说实话，对于今天的婚礼，我真的是像在做梦一样，真的没想到能有一天娶到小朵。”

“所以要好好珍惜，这一切来之不易啊。”余帆叹道。

路远闻言，看了下他，笑道：“我怎么觉得你说得像你经历了抗战，然后珍爱和平的感觉。”

余帆嘿嘿一笑，说道：“那也没错啊，我们国家发展那么快，这一切也同样来之不易啊，对吧。”

“这倒也是。”路远点点头，表示赞同。

“行了，我们就别再感慨了，你今天是新郎官，今天过后，可就为人夫了啊，大大升级了呢。”余帆轻捶下路远的肩膀。

“你指不定也快升级做奶爸了啊。”路远笑道。

另一个化妆间内，宋小朵坐在镜子旁，整理下自己的头纱和妆容，从镜子的映照中她看到樊美走来，她微微一笑。

“小朵，你今天可真美啊。”樊美赞美道。

“你也是啊。”小朵拉着她坐下，“我很紧张，怎么办？”小朵紧张地向樊美说道。

樊美扑哧一笑，说道：“这是每个新娘子都会有的感受，当初我结婚的时候，我也是一样啊，等会儿入场的时候，会更加紧张。”

“那怎么办啊？我待会儿要是出糗了怎么办？这可是我人生中最重要的一天啊。”小朵不由得担心起来。

“你就安心做你的新娘了，放松一下。”樊美安慰道。然后她悄悄地指了另一个化妆间的方向，笑道：“你信不信，旁边化妆间的新郎官一定比你更加紧张。”

宋小朵闻言，不禁觉得好笑，说：“我们都一样啊。”

“所以你就安心放松一下，等会儿会有人指导你怎么做的。”

宋小朵点点头，深吸一口气，缓解自己紧张的心情。

她看着镜子中的自己，不由得感叹道：“我没想到，我竟然会成为路远的新娘。”

樊美笑笑，说道：“这就是命中注定。”

“真的，我喜欢路远，喜欢很久很久了，但是以前并不知道路远也喜欢着我，所以那时候就只是暗恋，都不敢说出口，只能把那份感情放在心底深处。后来好不容鼓起勇气表白，但是路远却拒绝了我，我那时候就决定今后不再见路远。可是兜兜转转，我竟然成了他的新娘。”小朵一脸幸福的甜笑，一副难以置信的样子。

“所以说，有时候缘分的事情真的是说不清楚的，是你的终归是你的，不是你的，你强求也没有用。”樊美也感慨。

“是啊，所以我们都要珍惜，珍惜那个和我们命中注定的人。”小朵看着樊美笑道。

樊美一听，不禁扑哧一笑，说道：“你这话说得怎么跟我们家余帆那么像啊，他也是这样经常说这句话。”

闻言，宋小朵笑笑说：“是吗？可我是真的觉得很不容易啊。”

“对对，我还笑他，像个沧桑的老头。”余帆妻子笑道。

说完两人相视一笑。

婚礼进行曲开始，会场上的宾客全部落座，路远和余帆站在花门前翘首以待，等着宋小朵进场。

优雅的旋律响起，路远的心情紧张兴奋，看了下余帆，后者也回望一下他，示意他别紧张，放松一点儿。

终于，在漫长地等待下，宋小朵挽着父亲的手，款款走来，出现在婚礼现场。

路远看到打扮精致的宋小朵，看着小朵一步一步地走来，距离他越来越近，路远的心情紧张到了极点，也兴奋到了极点。

看着款款而来的宋小朵，回忆涌上心头。

十年前，他和宋小朵在北京奥运会初相识，两人情愫暗生，却一直不敢说出口。随着奥运会的结束，他们各奔东西，却在四年后的同一天，他们再次重逢……

种种种种，点点滴滴，让路远心中充满感激。

路远深情地看着宋小朵，炽热的眼神是无限的爱意。宋小朵和路远的眼神交汇，两人的目光痴缠在一起，终于，宋小朵走到了路远身边，小朵爸爸把宋小朵的手交到路远的手中，并说道："我把我最宝贝的女儿交给你了！"

"我一定会对她好的，您放心！"路远真诚地说道。

宋小朵眼含泪光，看着自己放在路远手掌中的手，那样温暖，让她觉得安心。

在场的宾客欢呼起来，见证着这一令人激动的时刻。

电影《六年，六天》出品单位及主创

出　品

Produced

中国电影股份有限公司
China Film Co., Ltd.
电影频道节目中心
China Movie Channel
新友玺月影业（北京）有限公司
Joyful Spirit Pictures (Beijing) limited
天津北方电影集团有限公司
Tianjin North Film Group
青岛圣宝龙影视文化传媒投资有限公司
Qingdao Shengbaolong Film & TV Culture Media Investment Co., Ltd.
浙江九盛影视文化有限公司
Zhejiang John Sachs Movie & Television Culture Co., Ltd.
江苏中瀚文化发展有限公司
Jiangsu Sino-Han Cultural Development Co., Ltd.

出品人

Produced by

喇培康

La Peikang

出品人

Produced by

曹 寅 Cao Yin	启 星 Qi Xing	张仁刚 Zhang Rengang
于鲁民 Yu Lumin	范诚潇 Fan Chengxiao	杭 雨 Hang Yu

总监制

General Executive Producer

江 平 Jiang Ping	陆红实 Lu Hongshi	苏从勇 Su Congyong
李卫国 Li Weiguo	沈红星 Shen Hongxing	

总策划

General Executive Producer

吴晓东 Wu Xiaodon	黄红旗 Huang Hongqi	曹金海 Cao Jinhai

发　行

Distribution Director

赖　侁

Lai　Shen

总制片人

Executive Producer

赵海城

Zhao Haicheng

总发行人

Distributed by

周宝林

Zhou Baolin

制片人

Producer

凌　红　　启　星

Ling Hong　　Qi Xing

监　制

Co-Executive Producer

邓　萌　　王　泉　　王艺淼

Deng Meng　　Wang Quan　　Wang Yimiao

策　划

Co-Producer

王佳任　杨国军　刘春龙

Wang Jiaren　Yang Guojun　Liu Chunlong

孙文杰　王麒龙　谢小斌

Sun Wenjie　Wang Qilong　Xie Xiaobin

领衔主演

Starring

王　骁　姜瑞佳

Wang Xiao　Jiang Ruijia

特别出演

Special Appearance

吴　刚　高云翔　冯远征

Wu Gang　Gao Yunxiang　Feng Yuanzheng

联合主演

Co-starring

吴　军　龚　洁　田牧宸

Wu Jun　Gong Jie　Tian Muchen

摄　影

Photography

龙申松　赵　帆

Long Shensong　Zhao Fan

美　术

Art Director

周　尧

Zhou Yao

录　音

Sound Recordist

安韶峰

AnShaofeng

作　曲

Music By

张　倩

Zhang Qian

执行制片人

Line Producer

周家麟

Zhou Jialin

制片主任

Production Manager

牛　犇

Niu Ben

编　剧

Screenplay by

张无花　　鞠依纳

Zhang Wuhua　　Ju Yina

剪　辑

Editor

孙德富

Sun Defu

编　剧

Screenplay by

安晓宇　　　常志超

An Xiaoyu　　　Chang Zhichao

监　制

Go- Executive Producer

唐国强

Tang Guoqiang

编　剧

Screenplay by

沈　东

Shen Dong

导　演

Directed by

沈　东

Shen Dong

电影《六年，六天》演员表（Cast）

排名按照出场顺序
In order of appearance

颜丹晨 Yan Danchen	采访者文物工作者 （Antiquarian）
赵丽颖 Zhao Liying	采访者舞台剧演员（Stage actress）
王　骁 Wang Xiao	路远（Lu Yuan）
姜瑞佳 Jiang Ruijia	宋小朵（Song Xiaoduo）
蔡东梅 Cai Dongmei	酒店客人甲（Hotel guest）
曹玥瑶 Cao Yueyao	前台接待（Receptionist）
萨日娜 Sa Rina	酒店客人乙（Hotel guest）
张　山 Zhang Shan	酒店客人丙（Hotel guest）
王国栋 Wang Guodong	服务生小王（Waiter）
张一山 Zhang Yishan	门童小张（Doorman）
谢孟伟 Xie Mengwei	酒店客人丁（Hotel guest）
佟丽娅 Tong Liya	采访者图书管理员（Librarian）

车永莉 CheYongli	采访者酒店经理（Hotel manager）
苗　圃 Miao Pu	农村苗姐（Village woman Miao）
丛　珊 Cong Shan	农村丛姐（Village woman Cong）
赵保乐 Zhao Baole	农村赵大哥（Farmer Zhao）
周小斌 Zhou Xiaobin	农村周大哥（Farmer Zhou）
龚　洁 Gong Jie	冯媛（Feng Yuan）
吴　军 Wu Jun	杨会计（Accountants）
吴　刚 Wu Gang	路永明（Lu Yongming）
蒋梦婕 Jiang Mengjie	采访者微商（E-businessman）
孙　茜 Sun Qian	采访者餐饮工作者（Restaurant owner）
朱烁嘉 Zhu Shuojia	村干部老朱（Village cadres Mr.Zhu）
朱　砂 Zhu Sha	村干部朱姨（Village cadres Ms.Zhu）
纪　纲 Ji Gang	村委会小纪（Village cadres Mr.Ji）
田牧宸 Tian Muchen	任帅（Ren Shuai）
玛丽亚 Ma Liya	美国专家玛利亚（American expert Maria）
艾丽娅 Ai Liya	农村艾姐（Village woman Ai）

苏　丽 Su Li	农村苏姐（Village woman Su）
苗　苗 Miao Miao	农村张姐（Village woman Zhang）
潘粤明 Pan Yueming	农村潘哥（Farmer Pan）
冯远征 Feng Yuanzheng	张局长（Director Zhang）
张晞临 Zhang Xilin	保安小张（Security Zhang）
邱　林 Qiu Lin	张可可（Zhang Keke）
郑　昊 Zheng Hao	伴郎甲（Best man）
保剑锋 Bao Jianfeng	伴郎乙（Best man）
李东学 Li Dongxue	伴郎丙（Best man）
史　磊 Shi Lei	伴郎丁（Best man）
蒋　靖 Jiang Jing	伴娘甲（Bridesmaid）
张曦文 Zhang Xiwen	伴娘乙（Bridesmaid）
赵艺涵 Zhao Yihan	伴娘丙（Bridesmaid）
单　爽 Shan Shuang	伴娘丁（Bridesmaid）
刘雅婷 Liu Yating	伴娘戊（Bridesmaid）
牛　犇 Niu Ben	采访者征婚青年（Marriage）

朱　旭 Zhu Xu	采访者电竞玩家（Electro-gamer）
张凯丽 Zhang Kaili	小朵妈妈（Xiao duo's mother）
刘继忠 Liu Jizhong	小朵姑父（Xiao duo's uncle）
谢　芳 Xie Fang	小朵奶奶（Xiao duo's grandma）
张　目 Zhang Mu	小朵爷爷（Xiao duo's grandpa）
王　彤 Wang Tong	小朵爸爸（Xiao duo's father）
马可悦 Ma Keyue	小朵姑姑（Xiao duo's aunt）
赵乘汐 Zhao Chengxi	小朵侄女（Xiao duo's niece）
董苏婷 Dong Suting	女助理（Female assistant）
李百惠 Li Baihui	小朵助手（Xiao duo's assistant）
徐　箭 Xu Jian	采访者二胎爸爸（Father）
王　嘉 Wang Jia	采访者二胎妈妈（Mother）
瞿　颖 Qu Ying	采访者医务工作者（Medical worker）
魏　伊 Wei Yi	采访者电影学院老师 （Teacher of Film academy）
江一燕 Jiang Yiyan	采访者演艺工作者（Actress）
冯绍峰 Feng Shaofeng	采访者节目主持人（Host）